Círculo Rojo

REGRESO A BARCELONA

REGRESO A BARCELONA

* * * * *

Manuel Mata Moreno

Primera edición: enero 2018

Depósito legal: AL 38-2018

ISBN: 978-84-9183-393-2

Impresión y encuadernación: Editorial Círculo Rojo

Editorial Círculo Rojo

www.editorialcirculorojo.com

info@editorialcirculorojo.com

Impreso en España - Printed in Spain

El papel utilizado para imprimir este libro es 100% libre de cloro y por tanto, **ecológico**.

Dedicado con cariño a mis maravillosos lectores de siempre.
Y, por supuesto, también a los nuevos.
Bienvenidos. Espero que os quedéis por mucho tiempo.

«Demasiada risa descubre locura»
-Proverbio ruso
(«Smekh bez prichiny - priznak durachiny»)

ÍNDICE:

10

PRÓLOGO

«Aunque no podemos ir hacia atrás y tener un nuevo
comienzo, todos podemos empezar desde ahora
y conseguir un nuevo final.»

Con esta frase de Carl Bard puse punto y final a mi anterior
novela *La tierra de las sonrisas*. La narración consiste en un
viaje, no sólo a nivel físico mediante el traslado a Tailandia, sino
uno de autodescubrimiento que cambia para siempre la vida del
protagonista. Forma parte de su proceso de catarsis tras las
diversas pérdidas que había sufrido.

También en esta novela se hace alusión a una desafortu-
nada pérdida. Pero a más a más, surge un conflicto amoroso
posterior que causa dolor. Es así como desde el comienzo, el
amor se tiñe de sufrimiento. Pareciera que se hiciera realidad la
temida aseveración del escritor ruso F. Dostoievski:

«En nuestro planeta, sólo podemos amar sufriendo y a
través del dolor. No sabemos amar de otro modo ni conocemos
otra clase de amor.»

No se puede negar en absoluto que la trama está
impregnada de sufrimiento. Aunque se conjugan luces y
sombras, los personajes se ven sometidos a purgar sus actos y
sentimientos mediante procesos emocionales sumamente
dolorosos. Se diría que nada sale gratis y que todo tiene su
consecuencia, si nos atenemos a lo que les sucede a los perso-

najes. Quieran o no, les es imposible huir del pasado. Ahora bien, ¿les será posible construir un futuro a pesar de todo?

Vemos como las relaciones amorosas empiezan y terminan, pero siempre hay una constante, que es el sufrimiento en el desarrollo del amor. Las dudas y los temores son expresiones magnificentes del sufrimiento humano, causadas por el deseo irracional generado por el amor romántico.

Probablemente sea el amor romántico la causa de ese dolor al que se refería Dostoievski. No todos los amores son románticos. Pero los que derivan en esa dirección muestran un patrón similar de angustia más o menos intensa. Incluso una vez terminado el romance, como le ocurre a Erik tras perder a su pareja, no deja de sufrir por esa relación. Ya sea porque se pone punto y final a un estilo de vida, o por las envidias e infamias de otros, este relato deja patente las secuelas del amor romántico, incluso mucho después de que se termine.

No obstante, la narración es optimista. Se abre una oportunidad de empezar de nuevo cuando Erik vuelve a su ciudad de origen: Barcelona. Allí conoce a Álex, guapo y rebelde, en un encuentro fortuito que marca su vida al regresar de Tailandia. De alguna forma, la sombra del pasado está presente. Ello hace difícil la relación futura entre ambos, por diversas razones. ¿Conseguirá Erik volver a creer en el amor y confiar en otra persona? ¿Será posible superar el pasado y los obstáculos para construir juntos una relación sentimental?

INTRODUCCIÓN

«Lo más difícil consiste en saber unir en uno mismo el
significado de todo.»
Guerra y paz.
León Tolstói

Un ataque trágico da comienzo a un giro vital en la vida del
protagonista. Erik no tarda demasiado tiempo en saber que el
odio estaba detrás de todo. De pronto, tiene que hacer frente a
una ola de intolerancia y animadversión que se abalanza sobre
él. Sin que se dé cuenta claramente en un principio.

Seguramente la tragedia está detrás de las pesadillas que
sufre Erik, aun habiendo pasado algunos años del ataque y sus
consecuencias inmediatas. Al volver de Tailandia, tras haber
vivido un año allí, tiene la oportunidad de empezar de nuevo.
Pero regresar a Barcelona le hace recordar lo que había sucedido años atrás. Más concretamente, rememora la época en la
que conoció a Alberto. ¿Quién iba a pensar entonces que lo que
surgió entre ellos se acabaría de aquella manera?

El infortunio parece quedar atrás al cabo del tiempo.
Además, las experiencias vividas por Erik tras el ataque cambian
su vida definitivamente. Poco a poco, empieza a hacerse
espacio un nuevo presente. A pesar del dolor que había sufrido,
se vuelve a enamorar. Porque eso es algo que ocurre incluso
cuando no se espera, o tal vez como consecuencia de no
esperarlo. Entonces conoce a Álex, un guapísimo chico ruso,

ambicioso y algo misterioso.

El idilio comienza con un encuentro que se transforma en cita improvisada. Las buenas vibraciones y la intimidad que se da entre ellos favorecen la seducción. Y eso a pesar de estar en un bar de ambiente lleno de chicos. Rodeados de personas que interrumpen la charla entre ellos, se establece sin embargo una conexión profunda. Álex acaba por robarle el corazón, y ello da un nuevo sentido a su vida. Porque conocerlo supone un rayo de esperanza a la falta de amor. El encuentro lleva a un flechazo que, desde el inicio, parece ya todo un reto. Pero lo que no sabe Erik es hasta qué punto lo iba a ser. Claro que, cuando conoces a alguien con quien hay una conexión muy fuerte, uno no puede escapar fácilmente. Erik queda atrapado por la atracción que siente hacia Álex, el chico de ojos azules que resulta ser una caja de sorpresas.

Pese a la incuestionable química entre ambos, surgen obstáculos que se interponen. Porque Álex también tiene su propia sombra del pasado que lo persigue. Es un expatriado ruso viviendo en la moderna y cosmopolita ciudad de Barcelona. Tiene una personalidad fresca y desafiante que seduce a Erik. Entorno al imprevisible chico ruso se abren muchos interrogantes desde el principio: ¿Siente Álex lo mismo por él? ¿Qué es lo que impide ese amor? ¿Lograrán superar las dificultades? ¿Por qué Erik quiere dejarlo? ¿Será capaz de luchar por el amor de nuevo? ¿Le devolverá Álex la confianza en el amor?

Antes de entrar de lleno en el romance con el chico ruso, se hace necesario retroceder en el tiempo para situarnos en la escena del ataque a Alberto. Así da comienzo la obra, contando un terrible ataque que conlleva un trágico final. Las dificultades a las que Erik hace frente a partir de entonces dan forma a una nueva vida. Porque nada será igual tras experimentar el menosprecio hacia él por parte del personal del hospital donde Alberto estaba ingresado, además del de la familia de este último.

Se evidencia fehacientemente el peso que representa el hecho de ser una pareja no convencional. Dos gais conviviendo juntos sin ser matrimonio legalmente propicia que otros pongan trabas al reconocimiento de Erik como pareja de hecho en aquel momento decisivo. La homofobia se vuelve protagonista de su vida entonces. Sutilmente unas veces y otras más claramente, el personal del hospital y la familia de Alberto lo privan de sus derechos legítimos de información y toma de decisiones. Son los cómplices necesarios, tanto por sus acciones como por su falta de ellas, o el silencio de algunos.

Ese duro y crudo drama contrasta con la posterior retrospectiva contando el inicio del romance entre Erik y Alberto. Esa historia de amor entre ambos se muestra intensa, emotiva y bella. Se escenifica la ferviente pasión que hubo entre ellos. Y todo empieza con un simbolismo: «Creo en ti», que refleja la importancia de la confianza para que funcionen las relaciones personales, y muy especialmente, las amorosas que pretenden ser sólidas.

Cuando Erik empieza a enamorarse del guapo chico de ojos azules, recuerda lo feliz que ya había sido anteriormente con Alberto. Inevitablemente, revive sentimientos de entonces. La sombra del pasado hace acto de presencia porque él ya no es la misma persona que cuando estaba con Alberto. Su transformación no es ajena al sufrimiento ni al espacio vacío y sin amor tras las consecuencias fatídicas del ataque a su pareja. Le cuesta más confiar. Es necesario conocer la historia de amor y drama entre Alberto y Erik para comprender la situación de éste cuando regresa a Barcelona. Por este motivo, nada mejor que comenzar por el principio.

EL ATAQUE

Me desperté tras esa pesadilla que, de vez en cuando, se repetía causándome gran desasosiego. Era como si el terror de lo ocurrido se representara en mi mente una y otra vez. Habían pasado ya tres años y medio del ataque, pero no era fácil superar aquella sensación de vulnerabilidad que experimenté entonces. Por si fuera poco, tenía que resolver aún el pleito que tenía con la familia de Alberto. A pesar del tiempo, el pasado no se había quedado atrás del todo. Me sentía perseguido por la sombra del pasado. Si no fuera porque encontré la fuerza para pasar página y vivir mi vida, a
pesar de que algunos hubieran querido hacerme daño, no sé qué hubiera sido de mí.

Todo ocurrió aquella fría noche de invierno. Fueron unos gritos en mitad de la noche los que me despertaron de repente. Provenían de la calle y no a mucha distancia. Podría haber sido parte de una pesadilla, pero aquello resultó ser real entonces. Eran los gritos de un chico que pedía auxilio desesperadamente. Se quejaba de dolor y pedía ayuda una y otra vez. Era imposible que esos quejidos no sobresaltaran a cualquiera. En el silencio de una noche de invierno, sus gritos sonaban desgarradores y aterradores a la vez. Estaba conmocionado por los pensamientos que venían a mi cabeza. Me daba pánico el solo hecho de afrontar que esa voz era conocida.

—¿Esos gritos son de Alberto? ¿De mi Alberto? No podía ser… ¿o sí? —Me preguntaba sin poder creer que eso fuera posible.

Con esos pensamientos en mi cabeza no podía reaccionar. Entré en estado de shock, lo que después me hizo sentir mal. Porque hubiera querido poder reaccionar rápido y salir a ayudarlo. Pero no pude. La confusión en la que entré me lo impidió. Por un lado, estaba atemorizado por la situación. Por otro, no sabía qué era mejor hacer en ese momento.

—¿Debía ir a socorrer a ese chico inmediatamente y ponerme en peligro? Además, ¿y si esa voz no era de Alberto? —Me preguntaba paralizado por lo que estaba ocurriendo.

Pasaron unos minutos en los que no pude moverme de la cama. Entretanto oía gente por mi edificio que bajaba las escaleras hacia la calle. Seguramente habían oído también los gritos. Esos malditos gritos que no quería en absoluto que fueran de Alberto.

Aquel chico que conocí, Alberto, había cambiado mi vida. Irme a vivir con él fue algo precipitado. Lo sabía. Tampoco hacía mucho tiempo que nos conocíamos, pero tenía una chispa que me cautivó. Era vital y luchador, con ganas de vivir. Me sedujo desde el primer momento que lo vi. Sí, era guapo y atractivo, y eso también influyó; no vale la pena negarlo o engañarse. Como me enamoré de él, convivir juntos parecía que sería algo maravilloso.

—Estar con alguien que haga que mis días estén llenos de positividad y me sienta además acompañado me hará bien. — Pensé antes de tomar la decisión de irme a vivir con Alberto.

A veces necesitamos dar un paso adelante y aceptar el riesgo que subyace en toda decisión. Sin hacerlo, nunca llegaríamos a ninguna parte. Hasta aquel día nunca había dudado de que el camino elegido hubiera sido el correcto. De hecho, vivir con Alberto contribuyó a mi bienestar. Nunca antes había sentido una serena felicidad como entonces. Él era lo que necesitaba para sentirme seguro. Con el tiempo, llegué a sentirme muy íntimamente unido a Alberto, hasta el punto en el que olvidé lo que era una vida sin él.

Y justo fue en el momento en el que mi vida estaba vinculada inseparablemente a la de Alberto, o eso creía yo, cuando sucedió aquel horrible ataque. No quise reconocer lo que mis oídos escuchaban hasta que no me quedó más remedio. Tras esos minutos de confusión, en los que pude oír varias veces la voz del chico que sollozaba pidiendo auxilio, me di cuenta de que sí era Alberto. Mi chico sollozaba y yo no me había podido ni mover de la cama. Me había quedado petrificado por unos minutos. Durante ese tiempo, oí voces de vecinos que hablaban por las escaleras y se movían agitadamente. No sé si fue porque estaba aún algo dormido, pero me fue imposible entender qué decían. Escuché aquellas voces que provenían después de la calle, pero no comprendía nada.

Me levanté de la cama y me puse las zapatillas; luego una chaqueta. Bajé las escaleras a paso ligero, pero sin correr. Quería llegar allí donde Alberto estaba, pero tan asustado me encontraba por lo que estaba sucediendo que mi cuerpo se resistía a avanzar. Tenía una sensación de pesadez, por el sueño o falta del mismo y también por la ansiedad que sentía.

Eran apenas las siete y media de la mañana cuando miré el reloj. Esa era la hora en la que Alberto salía de casa todos los días para irse a trabajar. Muchas veces lo oía medio dormido, y otras ni siquiera me despertaba. Él era cuidadoso de no hacer ruido para no molestar, ya que era consciente de que era muy temprano y yo dormía aún. Siempre tan pendiente de los demás. Por eso lo quería, porque era una buena persona y me hacía sentir especial.

Cuando llegué a la puerta del edificio donde vivíamos, había ya tres vecinos abajo que apenas estaban a medio minuto caminando en dirección al parque. Pude ver la chaqueta de Alberto en el suelo. Poco después, en medio de la oscuridad aún de la noche, pude vislumbrar una cara llena de sangre y heridas. Era sin lugar a dudas la de Alberto.

No, aquello no era una pesadilla. Por desgracia era muy real. Estaba sucediendo y no me lo podía creer. A medida que avanzaba hacia Alberto, un nudo en el estómago me apretaba más y más fuerte. Alberto estaba en medio de un charco de sangre. Estaba abatido, pero consciente.

—¡Me han atacado con un hacha! ¡No les he visto la cara! —gritó desesperadamente el desvalido Alberto.

—No te preocupes. Espera a recuperarte. Mira, ya viene la ambulancia. —Me salieron esas tres frases de mi boca, sin saber cómo reaccionar ante aquel atolladero.

De esa forma empezó uno de los peores días de mi vida, y que nunca olvidaré. ¿Quién podría ser tan cruel para atacar a otra persona con un hacha a esas horas? ¿Por qué habría elegido a Alberto? ¿O acaso podría haber sido cualquiera la víctima? ¿Y si andando me hubiera atacado a mí ese loco del hacha? Es más, ¿quién me aseguraba que no iba a venir por mí también? Tan sólo de pensarlo me recorrió el cuerpo un escalofrío y el pánico se apoderó de mí. Me quedé inmóvil viendo como montaban a Alberto en la ambulancia, y yo ni siquiera sabía si subir o no con él. No podía pensar sosegadamente en aquel momento. Tomar cualquier decisión se me hacía un mundo.

Finalmente subí y me senté. Le tomé de la mano todo el camino, tratando de calmarle. ¡Qué ironía! No podía yo sentirme tranquilo y pretendía ayudarle a relajarse. Supongo que veía a Alberto como la víctima, que efectivamente lo era. Pero al mismo tiempo sentía que yo también. Si lo atacaban a él, me estaban agrediendo a mí de forma indirecta. Siendo Alberto alguien tan importante en mi vida, aquella situación puso en jaque toda mi existencia. Al menos, tal y como la había concebido hasta aquel momento. Lo cierto es que aún no podía imaginarme hasta qué punto lo ocurrido iba a cambiar mi vida futura.

Mientras yo me preguntaba quiénes habían sido los agresores y porqué lo habían hecho, Alberto estaba inconsciente. Más tarde, supe que los daños internos que le causaron los golpes en la cabeza lo llevaron al coma mientras íbamos en la ambulancia. Era el principio de una pesadilla que, por desgracia, era muy real. Digo el principio porque las cosas aún iban a ponerse bastante peor. El drama tan sólo acababa de comenzar. Tenía miedo, miedo a sentir dolor.

MIEDO

Iba por la calle y el paisaje era desolador. Por cualquier lugar donde pasaba me encontraba con esa «cosa extraña» que me consumía. Quería escapar para que no me atrapara. El problema era que no sabía dónde huir para evitar ser devorado por ese mal. Además, hasta mi bicicleta estaba cubierta por esa sustancia horrenda. Al principio intenté quitarla, pero cada vez me daba más miedo a que se me enganchara. Sabía que si eso ocurría me consumiría y se apoderaría de mí. Por lo tanto, era obvio que no podría utilizar mi bicicleta para huir. Sin saber bien qué era esa cosa desagradable y peligrosa, decidí dejar la bicicleta y salir corriendo. Aquello iba contra mí y yo no veía qué podía hacer para evitarlo. ¿Cómo combatir algo que estaba en el ambiente? Mi vida estaba en peligro ante aquella cosa maligna que no conseguía identificar de dónde provenía. De pronto, estaba totalmente solo luchando contra algo que no sabía qué era. Lo más horrible de la situación era que no se me ocurría nada para derrotarlo.

Tuve esa pesadilla por primera vez cuando me dormí en la sala de espera del hospital. Con Alberto ingresado allí tras aquel terrible ataque. Se fue repitiendo después, sobre todo cada vez que me sentía de alguna forma amenazado. Lo peor de todo era la angustia que se apoderaba de mí cuando la tenía. Sabía que era el miedo el responsable de todo. De alguna manera, se había adueñado de mí a raíz de la horrible agresión a Alberto. Después de todo, yo fui la víctima colateral.

Tras la pesadilla, siempre me despertaba aturdido y con el corazón latiendo fuertemente. Por si fuera poco, tenía un dolor en el estómago que hasta me hacía difícil moverme sin evitar un pinchazo. Temblaba como respuesta a algo que me aterrorizaba. A pesar de que no lograba reconocerlo claramente, sentía que estaba allí. Esa «cosa extraña».

Con esas sensaciones de intranquilidad, regresé a la realidad de la tragedia en aquella sala de espera del hospital. Alberto había entrado en coma y su pronóstico era aún incierto. Temía que nunca despertara o sufriera secuelas graves si lograba salir de esa situación tan crítica. Había conocido el amor al encontrarlo a él en mi camino, y ya no podía pensar en una vida sin él. Tener a un compañero a mi lado era todo lo que yo había soñado. Eso me había dado fuerzas y vitalidad para afrontar los obstáculos hasta aquel momento.

Me hice más fuerte gracias al amor por él. Al contrario de lo que muchos piensan, el amor no nos hace débiles, sino fuertes. Únicamente si el amor es auténtico podemos fortalecernos a través de él. En otro caso, sí es cierto que nos vuelve débiles y nos puede incluso autodestruir. Nuestra relación había empezado hacía algo más de dos años y habíamos sido muy felices hasta entonces. Discutíamos en ocasiones, pero casi siempre lográbamos dialogar para solucionar los problemas. Lo más importante era que Alberto me respetaba mucho y yo a él. Eso estaba por encima de cualquier discrepancia, duda, etc.

En tal difícil situación, afrontaba el arduo reto de superar el terrible miedo al dolor, a la muerte, a sufrir... La pesadilla era el reflejo de esos temores y la «cosa extraña» estaba dispuesta a devorarme si sucumbía. De mí dependía evitarlo. ¿Sería capaz de sobrevivir a mis temores? El hecho de que hubieran atacado a Alberto al lado de nuestra casa me hacía sentir amenazado. Probablemente habían querido hacerme daño a mí también. Deseaba superar todo aquello, pero sentía temor por el presente y el futuro. La extraña agresión que sufrió Alberto me había causado un gran desasosiego. Nunca me había comentado que hubiera gente que le odiase y deseara hacerle daño. Así pues, ¿quiénes eran los atacantes y con qué propósito lo hicieron? ¿Querían vengarse, darle una advertencia, o matarlo?

Esa misma mañana, la policía apareció por el hospital. Los oficiales me pidieron que les contara lo que sabía de lo sucedido.

—No tengo ni idea de quién querría hacerle daño. Alberto es una persona pacífica. No es del tipo de personas que se hace enemigos fácilmente. No se me ocurre nadie que quisiera hacerle algo así.

—Hemos estado preguntando a algunos testigos que estaban presentes. Parece ser que fueron varios vecinos los que presenciaron lo que ocurrió allí.

—¿Ah sí? Pensé que se dieron cuenta cuando los agresores ya se habían ido de allí.

—No, algunos los vieron. Aunque tenían tapadas las caras, fue suficiente con escuchar sus voces para que esos testigos pudieran identificarlos. Son del barrio donde vivís. Conocían a Alberto y a ti también. Por eso planearon atacarlo justamente a la hora que sabían que salía de casa para dirigirse a su trabajo.

—¡Eso es realmente horrible! ¡No sé de nadie que quisiera hacer algo así! ¿Quiénes son ellos? —pregunté a la vez aterrorizado e indignado por lo que acababa de saber.

ALBERTO

No tuvo que pasar mucho tiempo para llegar a saber que el odio estaba detrás del ataque a Alberto. Era una ola de intolerancia y odio la que se abalanzó sobre mí. Seguramente por eso aún seguía teniendo esas pesadillas. Me conmocionó lo que me contó la policía aquella primera mañana después de la agresión. No podía ser de otra manera, considerando la gravedad de lo que me explicaron. Y asimismo, sin olvidar que yo adoraba a Alberto y me resistía a perderlo.

Al pasar tres años, las heridas se habían cerrado mayormente; o eso creía yo. Al volver del extranjero, tras vivir un tiempo en Londres y luego en Bangkok, mi vida empezaba de nuevo. Regresar a Barcelona me hizo rememorar todo lo ocurrido. Tanto el recuerdo del horrible ataque como el de los primeros encuentros con Alberto se entremezclaban en mi cabeza. Intensa y continuamente se me representaban las imágenes del pasado.

A Alberto lo conocí por casualidad. Resultó que era uno de mis compañeros en la nueva casa donde iba a vivir. Al principio, la idea de compartir casa con cuatro chicos no me pareció muy ventajosa. Pensaba que la convivencia no sería fácil con tantos chicos. Aun así, cuando fui a ver la casa, tuve unas buenas sensaciones que me animaron a trasladarme allí.

Uno de esos chicos era profesor de Educación Física. Se llamaba Alberto. Cuando lo vi por primera vez con su desparpajo y seguridad me dio una buena impresión. Moreno de piel, con el cabello negro y muy corto, ojos marrones algo dulzones tirando a color miel, barba de varios días, cuerpo atlético, Alberto era sin duda muy atractivo. La primera buena impresión dio paso después a cierto disgusto por su comportamiento. Se veía muy independiente y, aunque al principio parecía tener una personalidad extrovertida, no me hablaba demasiado. En ocasiones, nos encontrábamos en la cocina o a la hora de cenar y nos saludábamos, pero apenas conversábamos.

Frecuentemente, Alberto se colocaba sus auriculares inalámbricos. En voz alta, se ponía a hablar con sus amigos y familiares. A mí me molestaba cuando lo hacía en las zonas comunes, porque no quería escuchar sus cosas personales. Por entonces era un extraño, y era incómodo saber de su vida de esa manera. Hubiera encontrado más adecuado sentarse y conversar tranquilamente de esas cosas u otras. Sin embargo, cuando nos sentábamos a la mesa y cenábamos juntos, casi no hablábamos.

—¿Por qué Alberto era tan poco hablador cuando estaba a solas con él? —Me preguntaba más de una vez, y como no encontraba una respuesta clara, llegué a creer que yo apenas le agradaba.

Cómo Alberto se preparaba su comida era todo un espectáculo digno de ver. Con gran esmero se preparaba platos bien elaborados, y sobre todo nutritivos. Es difícil olvidar el delicioso olor que recorría la casa cuando sacaba del horno las galletas que cocinaba. Siempre quería probar una, pero no me atrevía a decírselo. Como mucho, hacía algún comentario sobre ellas.

—Me encanta el olor dulzón de las galletitas —le decía sonriendo a Alberto.
—Caseras y muy sanas, como a mí me gustan —me respondía también él con una sonrisa.

Aún cuando creía que Alberto no estaba interesado en mí, y tampoco es que entonces me importase mucho, su sonrisa me satisfacía en esos momentos. Tenía una chispa de simpatía que me hacía olvidar lo mal que me caía en algunas ocasiones. En realidad no me parecía mal chico, ni me causaba ningún malestar. Pero veía un aire de prepotencia que me molestaba. Me dada la sensación que pensaba que él era perfecto y los demás no éramos tan dignos de conocer como lo era él. Hablaba aparentando seguridad y extraversión. ¿O era simplemente una fachada o muro para defenderse? Porque a mí me parecía que no quería dejarme entrar en su mundo, ya que no ponía mucho de su parte por conversar conmigo.

—¿Se trataba de algo personal o es que Alberto era así de estúpido? —Me preguntaba a veces algo enfadado por su actitud distante.

Viendo que con los demás chicos de la casa también mostraba una actitud distante, llegué a la conclusión que su personalidad era así de peculiar. Porque sus quejas sobre algunos aspectos de la limpieza podían ser justificadas, pero sus formas a la hora de decirlo me resultaban algo despectivas:

—Chicos, ya sé que es fin de semana y a todos nos apetece relajarnos, pero no dejéis la cocina sucia como una pocilga —nos dijo en una ocasión a través de un mensaje de WhatsApp.

Nadie contestó a ese mensaje. Sin embargo, cuando salí de mi habitación al cabo de unas horas, pude observar la cocina impoluta. ¿Ocurrió por arte de magia o debido a que alguno se había dado por aludido? Ese fue el día que vi la cocina más ordenada y limpia en todo el tiempo que compartí la casa con los chicos.

A pesar de las pequeñas rencillas de la convivencia, me sentía a gusto en la casa. Incluso aunque, a veces, alguna actitud me disgustase. Como la de Alberto, en algunos momentos. En general vivíamos cada uno a su aire. No nos veíamos la mayor parte del tiempo y éramos tan independientes que no teníamos que decirnos continuamente qué íbamos a hacer, o si estaríamos por casa o no. Para mí era un alivio no tener que dar explicaciones de mi vida y poder entrar y salir cuando quisiera. Al encontrarnos pocos instantes en casa, no había necesidad de intimar.

La ventaja era que uno no se sentía observado ni juzgado. Lo cierto es que no esperábamos demasiado de las interacciones con los demás. No era la típica casa compartida en la que los miembros esperan hacer amistad y vida en común. Quien entraba en la casa no tenía que integrarse, porque allí apenas se intimaba. Era diferente a otras casas, donde uno se siente aislado e incómodo hasta que logra integrarse, con lo que ello supone. En esa casa no ocurría algo así, porque todos compartíamos nuestro deseo de ser cordiales, pero manteniendo nuestra privacidad e independencia.

Así que tampoco me podía enfadar excesivamente con Alberto por mostrarse tan independiente. Todos teníamos en común ese rasgo en la casa, incluido yo mismo. Pero por algún motivo, la distancia de Alberto me parecía irritante, mientras que la de los demás la encontraba aceptable. Me enojaba que cuando le preguntaba por sus cosas él no hiciera lo mismo. Se limitaba a decir dos frases y poco más.

Eso empezó a cambiar cuando yo naturalmente cambié mi actitud. En lugar de esperar a que él me preguntase por mí después de haberlo hecho yo, simplemente le contaba alguna cosa sobre mi día cuando cenábamos. Entonces él me hacía alguna pregunta o un comentario sobre lo que le había explicado. Incluso eso sirvió para que poco a poco me explicase más cosas de él.

—En mi ciudad, Valencia, llegué a tener una novia. Pero no salió bien al final —me contó una vez.

A medida que iba conociendo a Alberto, me di cuenta que la apariencia de chico sobrado y creído era sencillamente eso, una apariencia distorsionada de cómo era él realmente. Más bien era un chico sensible, inteligente e interesante. Tenía confianza en sí mismo, pero no se creía mejor que todo el mundo.

Su imagen parecía transmitir que se creía mejor, pero era porque se sentía orgulloso de sus logros, y de su físico. No era exactamente prepotencia o vanidad. Era que estaba satisfecho de cuidarse, verse atractivo y saber que con su esfuerzo había logrado un buen trabajo. No era fácil llegar a conocer a Alberto bajo esa perspectiva sin antes haber conversado con él varias veces. A mí me costó ver qué había debajo de su aspecto más superficial. Cuando lo conseguí, dejé de enfadarme por su forma de actuar. No sentí más que yo le cayera mal. Tan sólo empecé a descubrir al ser humano que había en su interior.

Tardé poco en saber que Alberto había consumido drogas desde hacía tiempo. Me comentó que antes había probado muchas y que en algún momento se le había ido de las manos. Cuando tenía más tiempo libre y salía con amigos, acababa a menudo gastándose mucho dinero en drogas. Se había enganchado un poco a alguna y entonces fue cuando se dio cuenta que debía parar. Cuando lo conocí, las había dejado casi completamente. Alguna vez fumaba marihuana, me había comentado. Nunca le vi tomar drogas duras. Como mucho consumía algo de *Popper* de vez en cuando, sólo para mantener relaciones sexuales más placenteras, según decía él.

Cuando le pregunté por qué había tomado drogas, él me contestó que eran para divertirse, tener experiencias, sentirse mejor, etc. Creo que muchos me responderían de la misma forma. La sensación de euforia que provocan algunas drogas como el alcohol permite la desinhibición. Sin duda, te ayuda a nivel social para disfrutar más.

Una vez escuché que el alcohol es un lubricante de las relaciones sociales. Las suaviza y hace que fluyan sin roces desmesurados. Fumar de alguna manera también facilita ese contacto con otros fumadores. Uno tiene excusas para hacer lo mismo juntos y buscar un sitio donde fumar tranquilamente. Cuando tienes estrés, el tabaco también relaja según muchos, aunque también lo puede hacer una taza de café.

Alberto, como muchos amigos y conocidos, necesitaba algún tipo de droga para sentirse bien, considerando como tal también el sexo. Muchos gais buscan la sensación de un contacto íntimo con alguien que ofrece el sexo. Durante un tiempo, muy poco, parece real y satisface, pero enseguida esa percepción se desvanece. Es por ello que surge esa necesidad constante de buscar compañeros de cama continuamente. En el caso de solteros, es muchas veces por soledad. Aunque otras veces es básicamente para reafirmar su autoestima. Y en el caso de casados o comprometidos, el sexo es buscado en algunas ocasiones fuera de la pareja para sentirse deseados por otros y reafirmar también la autoestima.

La inseguridad es la causa por la que muchos necesitan las drogas. Pretenden escapar de ellos mismos y de sus temores, como si eso fuera posible. Tan sólo es probable que se pueda por unos momentos. Aunque luego es incluso peor la vuelta a la realidad. En algunos casos, algunos quieren ser otra persona y lo intentan a través de estas sustancias. Pero en muchos otros casos, lo que quieren es ser ellos mismos. Es decir, mostrarse como realmente son sin tapujos ni vergüenza, lográndolo gracias a la desinhibición provocada por las drogas.

Somos tan narcisistas frecuentemente que necesitamos la atención de las personas que nos hacen sentir importantes. No es nada malo en sí, pero se acaba convirtiendo en una adicción, hasta el punto de exigir esa atención a los demás. Es otro tipo de droga que puede ser muy perjudicial. Muchos no se interesan realmente por lo que les pasa por la cabeza a su pareja, amigos, etc. Bajo la adicción a la «droga» de obtener atención y aprobación de otros, se olvidan de los demás. Es probablemente una de las «drogas» más consumidas en nuestras sociedades modernas e individualistas.

Alberto sí se interesaba por mí. También es cierto que debía luchar contra esa adicción tan extendida a obtener la atención y admiración de otros. Cuando consumía drogas estaba más desinhibido y menos preocupado por recibir atención. Parecía que entonces no le hiciera falta, porque se eliminaba su ansiedad. Las drogas «blandas», como la marihuana o el *Popper*, le ayudaban a relajarse y disfrutar. En esos momentos se volvía más cariñoso y algo más erótico. Por lo tanto, me gustaba cómo se volvía cuando las tomaba. Supongo que si hubiera tomado drogas más duras, no hubiera pensado lo mismo. Cuando tomaba alcohol también controlaba bastante y no llegaba a las situaciones patéticas de algunos alcohólicos.

Nada me hacía sospechar que Alberto estuviera enganchado a alguna sustancia excesivamente fuerte estando conmigo. A pesar de ello, en el hospital me dijeron que habían encontrado restos de una droga, y no era nada de lo que tomaba Alberto habitualmente. Los médicos habían detectado rastros de cloroformo. Más tarde sabría por la policía que los agresores habían utilizado un pañuelo empapado en esa sustancia para impedir que Alberto tuviera alguna posibilidad de defenderse.

Esa evidencia demostraba que los asaltantes habían rehuido el enfrentamiento, como la policía confirmó. El acto no fue sólo brutal, sino también cobarde. Habían optado por anestesiarlo para que él no pudiera luchar y defenderse. El plan era atacar a una víctima indefensa: cinco contra uno, estando además este último drogado. Consiguieron en parte su objetivo. Lo único que los detuvo fue la aparición inesperada de algunos vecinos que fueron a socorrer a Alberto al escuchar sus gritos. Afortunadamente.

INFORTUNIO

Al segundo día del ingreso en el hospital, se produjeron muchas complicaciones médicas que empezaron a poner en serio peligro la vida de Alberto. Los médicos nos dijeron que estuviéramos preparados para cualquier fatalidad. La familia de Alberto y yo nos preocupamos tanto que empezamos a hablar de la posibilidad de que Alberto no saliera de esa. Su hermano inició una conversación conmigo sobre temas financieros. Por si acaso, la familia quería saber si yo reclamaría algo en cuanto a la propiedad del piso que compró Alberto.

—No me interesa —respondí cuando me lo sugirió el hermano pequeño de Alberto. En ese momento no me apetecía hablar del tema y esperaba que Alberto saliera vivo.

—De acuerdo —dijo el hermano notoriamente aliviado y satisfecho con mi respuesta.

Pasaron unas horas después de las primeras advertencias de los médicos. Al preguntarles de nuevo, nos dijeron que su estado era crítico y que estaba ya entre la vida y la muerte. Los numerosos golpes con el hacha habían provocado daños en varios órganos, y al pasar las horas iban surgiendo nuevas complicaciones. Los médicos iban tratando de solventar una tras otra.

Se hizo de noche y tuvimos que irnos a casa, dejando a Alberto entre la vida y la muerte. Fue difícil tener que irme en esas circunstancias. En casa me sentía solo y también asustado.

No parecía que el infortunio fuera a menos, sino al contrario. Todo hacía prever ya un fatal desenlace. Sin embargo, guardaba una pequeña esperanza en la que depositaba mis ilusiones.

A la mañana siguiente, cuando llegué al hospital me encontré con la madre, el hermano y la hermana de Alberto. Juntos esperamos para entrar a la sala de espera del ala del hospital habilitada para los enfermos en cuidados intensivos. Mientras entrábamos podíamos notar la clara preocupación de todos nosotros, tanto por los silencios como por las pocas palabras que intercambiábamos con mucha seriedad. Visiblemente consternados, entramos a dicha sala de espera. Una vez dentro y apenas cinco minutos estando allí sentados, aparecieron dos médicos que se dirigieron a nosotros:

—Buenos días. Estábamos esperándoles para hablar con la familia de Alberto.

—Buenos días. ¿Cómo está él? —preguntó la hermana sumamente ansiosa.

—Queríamos contarles que hemos estado solventando muchos contratiempos, pero los daños internos eran incluso peores de lo que nos pareció al principio. Como saben, ayer las complicaciones eran numerosas y algunas complejas. Aunque hicimos todo lo posible por salvarlo, finalmente perdimos la batalla. Su estado se agravó tanto cuando algunos de sus órganos dejaron de funcionar correctamente, que al cabo de unas horas se nos fue. Sentimos tener que comunicarles que Alberto falleció al final de la noche del día de ayer.

Nos quedamos en silencio. Apesadumbrados por la terrible noticia, entramos en estado de shock. Recuerdo que no podíamos asimilarla, que nos costaba aceptar la realidad. Habíamos esperado que Alberto se recuperara. Porque a pesar de la gravedad de su estado, no perdimos la esperanza. Así nos dimos cuenta que no nos habíamos preparado realmente para ese terrible desenlace. Siempre descartamos el peor escenario porque no podíamos concebir que Alberto se nos fuera para siempre.

De esa manera perdí a Alberto, quien había sido el amor de mi vida. Habíamos empezado un proyecto de vida juntos y todo marchaba bien hasta ese infortunio. Es increíble como el odio de algunos puede acabar con el amor de otros. Porque el odio de los agresores pudo más que nuestro amor, ya que lograron separarnos. Su intolerancia me quitó a la persona que más quería. Mi vida ya no iba a ser como antes. Con su odio, consiguieron que mi vida se convirtiera en una especie de infierno. Porque me iba a costar mucho superar la muerte de Alberto y rehacer mi vida de alguna manera, si es que eso era posible. Por lo menos entonces yo lo veía casi irrealizable.

El infortunio de la pérdida de Alberto no vino solo. Un día como otro, al cabo de unos meses tras la muerte de Alberto, recibí una noticia de mi abogado. Me habían citado para declarar delante de un juez en el plazo de sólo una semana. Ya me imaginaba de qué iba todo eso. Pese a que no pensaba en ello, lo cierto es que sabía que ese momento podía llegar. Mi abogado me dijo que teníamos que hablar un día. Supuse que me querría contar todo con calma.

No me importaba tener que declarar en un juzgado en relación a la demanda que me habían puesto los familiares de Alberto. Al fin y al cabo, era mi oportunidad para decir lo que pensaba al respecto. Podría contar mi versión y negar rotundamente los hechos que la otra parte me imputaba. Antes estaba indignado por tener que pasar por eso, pero ya no.

Las separaciones son casi siempre traumáticas. En mi caso fue una separación no decidida realmente por nosotros. Ni Alberto ni yo decidimos que queríamos separarnos. Nos separaron otros. Aquellos que odian y no entienden de amor, que son intolerantes para comprender los diferentes tipos de pareja que existen. El dolor de perder a Alberto no fue lo único que tuve que afrontar más tarde. La familia de él se empeñó en que me fuera del piso donde vivíamos. Era una propiedad que se había puesto a nombre de Alberto, así que se la querían quedar ellos. Nada les importó que yo les dijera y probara que yo también había contribuido a los gastos en común, la hipoteca e incluso dando dinero de la entrada.

Cuando yo decidí reclamar lo que era mío, sabía que su familia no me lo pondría fácil. Sin embargo, nunca pensé que fueran tan lejos. Me acusaron de algo que yo no había hecho mediante una demanda judicial por falsedad documental. Me denunciaban por haber falsificado la firma de la hermana de Alberto en un contrato de compraventa del piso donde había mos vivido juntos. Ciertamente, inicialmente esa vivienda se puso a nombre de Alberto y su hermana. No obstante, decidi dimos ir a un abogado a que nos redactara un contrato de compraventa por el que yo le compraba su parte a la hermana. Al fin y al cabo, ella nunca quiso saber nada del piso, sino que sólo se puso en los documentos para facilitar la concesión del préstamo hipotecario a Alberto. Nunca aportó ningún dinero.

El informe pericial de la policía señaló que la firma del contrato era efectivamente la de la hermana de Alberto. Pero ella lo seguía negando e incluso interpuso un recurso cuando el juez iba a archivar la demanda, aunque finalmente no le sirvió para nada. Era curioso que ella me denunciara a mí por presentar un documento falso según ella, ya que afirmaba que esa firma no era suya, y a la vez, la policía confirmara que sí era de ella. Y más extraño que insistiera en negarlo. En realidad, nunca la vi firmar ese documento, ya que el tema lo traté con Alberto directamente. Así que fue él quien supuestamente le comentó todo el asunto a ella y le dio los papeles para firmar. Alberto me los devolvió supuestamente firmados por su hermana. Nunca dudé de que esa fuera la firma de ella. De otro modo hubiera significado que desconfiaba de Alberto, y no lo hacía por enton ces. ¿Sería realmente esa la firma de la hermana? Dudaba de si Alberto podría haberme engañado falsificando él mismo la firma. Desprovisto de alguna prueba hasta la fecha, únicamente me quedaba pensar que era la hermana la que mentía.

Supuse que era su manera de vengarse por haberles puesto una *demanda de cantidad* reclamando el dinero que me debía Alberto. La familia se negaba a devolverme mi dinero, al haberse apropiado de todos los fondos del banco. Además, la hermana de Alberto me llegó a decir que algunos deseaban pegarme antes que darme el dinero. Más tarde, me amenazó con denunciarme a la policía por acoso si seguía llamándola pidiéndole que me devolvieran mi dinero. Definitivamente, la familia había enloquecido tras la muerte de Alberto. Sus reacciones eran desproporcionadas. En el fondo buscaban un culpable de la pérdida de su hijo. Parecía no ser suficiente para ellos que finalmente hubieran arrestado y condenado a los cincos jóvenes que lo asesinaron, según nos enteramos poco después del fallecimiento de Alberto. La familia, en su delirio, tenía la creencia que estar con un chico había llevado a su hijo a la muerte.

Llevados por las emociones negativas y pensamientos irracionales, pretendían hacerme sufrir para castigarme por la pérdida. Como si yo fuera realmente el culpable de ella. Evidentemente también estaba la razón económica, porque había mucho dinero en juego. Por eso utilizaron la posibilidad de ponerme una demanda falsa para agotarme y que dejara el asunto de recuperar mi dinero. Así pues, la citación que había recibido para declarar imputado por supuesta falsedad documental obedecía a su maquiavélica estrategia encaminada a disuadirme de seguir reclamando mis derechos. Eso es lo que deduje. Si bien en algún momento difícil había llegado a pensar que quizá no debería haber puesto la *demanda de cantidad*, al considerar lo difícil que se estaba poniendo todo, con algo más de calma decidí que tenía que seguir adelante.

Llegó el día del juicio de la demanda que yo había puesto para reclamar el dinero que me pertenecía. Se lo había prestado a Alberto antes de que falleciera y tenía los justificantes de las transferencias bancarias que lo atestiguaba. Resultó esperpéntico que el abogado de la familia presentara como testigo a Roberto, un antiguo amigo íntimo de Alberto. Desde luego no era nada imparcial. Mi abogado llamó a que no se tuviera en cuenta su declaración. La jueza tomó nota.

Su abogado preguntó al testigo:

—¿Quién pagaba todos los gastos?
—Alberto —afirmó algo nervioso el testigo.

Es curioso que alguien de fuera dijera saber bien lo que pasaba dentro del hogar de uno. Ese amigo quería dar a entender que era buen conocedor de lo que ocurría en nuestra casa por entonces. En fin, querían buscar argumentos falsos para no darme lo que era mío. Lo irónico era que Roberto no supiera lo que ocurría en su casa y asegurase que sabía lo que ocurría en la mía. Absurdo.

O él se hizo el loco y no quiso saber lo que pasaba a sus espaldas. Su mujer, Sandra, lo había engañado con un compañero de trabajo increíblemente atractivo, Víctor. Nadie podía culparla por estar encandilada con él, ya que éramos muchos los que nos sentíamos atraídos por Víctor. Quizá también tuviera que ver con lo mucho que trabajaba su marido y la falta de tiempo que dedicaba a la familia. O simplemente que Sandra no pude resistirse a la tentación, lo cual era difícil al ver a Víctor cada día. Posiblemente influyeran ambas cosas. ¡Pero qué sabía yo! Sólo conocía la parte que Alberto mismo me había contado, en relación a lo que sucedió en un aula del colegio donde trabajaban. Al parecer, tuvieron lugar algunos encuentros íntimos entre Sandra y el atractivo profesor en un aula vacía después de las clases. Un día apareció Roberto por sorpresa y Alberto cubrió a su mujer, ya que era su mejor amiga, y al amante. Quizá Roberto sospechaba algo, pero nunca dijo nada. Alberto me contó que después de ese día Sandra decidió no seguir con esa aventura, tras haber estado a punto de ser descubierta por su marido. No quería volver a poner en riesgo su matrimonio ni el bienestar de su hija por un flirteo que no llevaba a nada.

A pesar que Roberto había sido prudente no acusando a su mujer sin pruebas del engaño, a mí sí me acusó sin ellas de no colaborar en los gastos del hogar que había compartido con Alberto. De ninguno me hacía yo cargo según declaró.

—¿Qué relación tenía usted con Alberto? —preguntó mi abogado a Roberto.
—Era un amigo de hace muchos años, del trabajo —respondió nervioso Roberto.

Resulta que ni siquiera se atrevía a decir que era un amigo íntimo de Alberto para no restar credibilidad, lógicamente, a su testimonio. Paradójicamente, al afirmar que era un amigo del trabajo parecía menos creíble que él supiera lo que ocurría con nuestras cosas en nuestra casa. Ni siquiera se presentaba como amigo de confianza. ¿Cómo entonces pretendía hacer creer que él sabía bien lo que pasaba con nuestras finanzas? Era sumamente contradictorio y ridículo.

—¿Recibía él alguna ayuda? —preguntó seguidamente su abogado.
—No —contestó el testigo.

Aun presentando pruebas de que yo había colaborado en los gastos de la casa, y que incluso le había hecho transferencias bancarias a Alberto, el testigo afirmaba que no había obtenido mi ayuda. El abogado de la otra parte presentaba un testimonio falso, a sabiendas de que iba a faltar a la verdad. Era una situación indignante por la falta flagrante a la verdad.

A pesar del trago de escuchar falsedades y calumnias sobre mí, acabado el juicio, sentí que me había quitado un peso de encima. Me di cuenta que había podido decir lo que pensaba desde hacía tiempo delante de la otra parte. Habíamos estado en un lugar neutral, los juzgados, donde ambas partes contábamos con la defensa de nuestros abogados. En aquel momento, ya no estaba en desventaja como me había encontrado cuando la familia de Alberto se puso en contra mía.

Quedaba ser paciente. Antes o después llegaría la sentencia de la jueza. Pero necesitaba quitarme esa losa de encima para dejar paso a un nuevo futuro. El pasado todavía nublaba mi mente y encogía mi corazón. Por eso tenía que superar todo aquello.

LA FAMILIA

Aparentemente la familia de Alberto había tolerado que estuviéramos juntos. Nunca pareció que lo nuestro fuera un problema para ellos. Hasta que sucedió un acontecimiento importante que puso en evidencia lo que de verdad pensaban de nuestra relación. Me consideraban como alguien con poco peso para la toma de decisiones sobre Alberto, a pesar de ser su pareja. Quizá porque en el fondo no concebían nuestra relación como la de un hombre y una mujer. Su deseo era que yo me apartara de la toma de decisiones, como si yo no «pintara nada». Es la conocida como homofobia liberal, tolerante a primera vista, siempre y cuando no haya visibilidad de la condición homosexual.

Cuando yo me mostré como lo que era, la pareja de Alberto, la familia se sintió amenazada. Estaban acostumbrados a la situación en la que dominaba su manera de hacer, en la que mi figura sólo era de adorno, pero no significativa. Eso cambió cuando mostré mis propias inquietudes y formas de ver las cosas, que ellos no aceptaron. Esta libre expresión no fue tolerada por ellos. Fue entonces cuando empezaron las amenazas. Primero me coaccionaron para que no tratara de tomar mis decisiones respecto a mi pareja.

—Si no eres razonable, tendremos que poner medidas —me dijo el hermano pequeño de Alberto, amenazando con no dejarme verlo.

Para ellos había un sí, pero... Reconocían que era su pareja, pero no aceptaban que tuviera derechos, ni mucho menos que los quisiera hacer valer. El precio de formar parte de la familia de Alberto era el silencio y la aceptación de sus normas. Por desgracia, muchos utilizan este tipo de discriminación. Lo he visto en multitud de ocasiones. La gente que me rodea acaba tolerando que sea homosexual, siempre y cuando no lo demuestre mucho. Con algunas excepciones, pero pocas, muy pocas.

Por si fuera poca esta discriminación afectiva por parte de la familia, la discriminación institucional en el hospital no hizo más fácil el tiempo que estuve allí con mi pareja ingresada. El personal calló y no buscó protegerme cuando les conté el problema con la familia de mi pareja. Le dije a la doctora que querían impedir que yo manifestase lo que pensaba y mi forma de hacer, amenazándome con impedir verlo.

—A partir de ahora, únicamente te informaremos del estado de Alberto cuando la familia esté delante —me contestó la doctora, amablemente eso sí, pero sin mover un dedo para ayudarme.

Es duro y fatigoso que no reconozcan tus derechos de pareja en un centro público. Hasta tal punto que cumplieron su promesa y cuando alguna vez informaron de cosas a la familia y yo no pude estar presente, luego nadie me explicó a mí. Por ello me acabé por enterar después repentinamente de problemas en la recuperación de mi pareja.

—Pregúntale a los médicos y quéjate de que no te han informado —me respondió cínicamente el hermano pequeño de Alberto.

No sólo su familia no me lo contó, sino que le quitaba importancia. Como si diera igual que yo estuviera informado. En todo caso, para él, si veía algo mal, lo que tenía que hacer era hablar con los médicos. Estaba claro que no me quería apoyar en eso. ¿Para qué? Se notaba por su tono de voz que para él lo normal era eso: que informaran a la familia y a mí no.

Para no incomodar a la familia y que no tomaran represalias, tuve que aceptar sus decisiones y reprimir lo que pensaba que era mejor para mi pareja. Una vez más, como gay me volvía obligado a «volver al armario» y hacerme invisible. Eso era lo que de verdad querían, que no se notase mucho mi presencia y así no les causase molestias. La tensión era palpable en muchos momentos, porque se empeñaron en imponer su voluntad por encima de consensuar las decisiones conmigo.

#########

La muerte de Alberto supuso un cambio radical en mi vida. Tras unos meses sin saber bien qué hacer con ella, decidí irme a vivir a Londres. Era como la tierra prometida por entonces para muchos catalanes y españoles. La situación de crisis que azotaba terriblemente a los jóvenes en España invitaba a emigrar al extranjero. Como siempre me sedujo la idea de vivir en otro país, tomé la decisión de probar fortuna allí.

En Barcelona había vivido feliz con Alberto, pero él ya no estaba. Estuve sumamente enamorado de Alberto y sabía que él también lo estaba de mí. Tenía sus problemas y a veces no podía estar al cien por cien, pero se preocupaba por mí y su amor era auténtico. Por eso sufrí tanto su muerte. Era alguien sobradamente vital y bueno que no tuvo precisamente una vida fácil.

Alberto tuvo algunos problemas familiares de pequeño. Me contó que su abuela lo maltrataba psicológicamente cuando estaba en primaria. La mujer era astuta y se dio cuenta pronto que Alberto era diferente a los otros chicos. Advirtió que Alberto estaba interesado en limpiar y en hacer cosas de la casa, lo que hizo que la abuela sospechara. Como buena observadora, la abuela advirtió ciertas cualidades femeninas en él. Para su mente tradicional y cerrada, eso no podía permitirse. Un hombre era un hombre y una mujer era una mujer. Las cosas de la casa eran responsabilidad exclusiva de las mujeres y, en cambio, trabajar y traer el sustento a casa correspondía al hombre.

—No seas «niña» o nadie te querrá —decía la abuela a Alberto, con esa crueldad que la caracterizaba.

Las palabras se quedaron bien grabadas en la cabecita de Alberto siendo pequeño. Aprendió que no podía mostrarse como era, que debía ocultar a su familia cómo era realmente. Porque temía que le dejasen de querer.

Como uno es difícil que pueda esconder quien es todo el tiempo, Alberto tenía la costumbre de aislarse. Se encerraba en su habitación para poder jugar solo a las casitas, decorando y cambiando los muebles de lugar. A escondidas había conseguido una pequeña casita de juguete y compraba cosas para ésta cada vez que recibía la paga semanal de sus padres. Se la daban tanto a los hijos como a las hijas, con la diferencia que las chicas ayudaban en casa y los chicos no.

La abuela de Alberto siempre estaba sospechando y era difícil que se le escapara algo. Era excesivamente cotilla y quería saber siempre qué ocultaban los demás. Y en Alberto tenía puesto su ojo continuamente, como una amenaza que ella tenía que neutralizar. Así que un día la abuela llamó a su habitación. Insistió diciéndole a Alberto que sabía que estaba dentro, y que tenía que abrirle porque quería hablar con él. Alberto ya se temió que quisiera investigar en su habitación en busca de algo. Su recelo a que encontrara la casa no era infundado conociendo la mentalidad de la abuela.

Cuando finalmente le abrió la puerta, la abuela le dijo:

—Niño, ¡que sea la última vez que me dejas tanto tiempo esperando en la puerta! Soy mayor y me canso de estar ahí levantada. —Levantó entonces su mano la abuela y golpeó a Alberto en la cabeza con la palma de la mano abierta, algo que solía hacer cuando se enfadaba con él por cualquier cosa.

La abuela se sentó un par de minutos en la cama. Estuvo mirando en silencio la habitación por todos los lados. De pronto, se levantó y fue directa a abrir el armario. A Alberto no le dio tiempo a pararla. Al abrir la puerta y mover un poco las chaquetas colgadas dentro, reconoció una casita de juguete al fondo del armario. Abrió los ojos y una expresión de odio invadió su cara.

—¿Qué haces con esta cosa, Alberto? Estas cosas que haces son un pecado e irás al infierno por ello. Yo voy a pararlo de una vez por todas... —dijo la abuela enfurecida y llena de rabia.

—¡No abuela! ¡Por favor, no me la quites! —Gritó Alberto llorando con lágrimas en los ojos.

—¿Acaso crees que voy a permitir esta aberración? —Gritó la abuela—. Tú no eres una niña para andar jugando a casitas. Tienes que ser un hombre.

—Te lo suplico abuela, haré lo que quieras, pero no te la lleves. Por favor, por favor... —Alberto se tiró al suelo suplicándole de rodillas y llorando desconsolado con toda su alma de niño.

—No, Alberto. Se terminó. No diré nada a tus padres ni tú tampoco digas nada, sino será peor y tu papá tendrá que castigarte —contestó la abuela sin mostrar clemencia o signos de compasión por el llanto del pequeño.

La abuela salió de la habitación de Alberto sin mediar más palabras, dejando a Alberto totalmente humillado y destrozado. Mientras lloraba sin parar, se dijo a sí mismo que nunca más nadie le descubriría algo valioso para luego arrebatárselo. Haría todo lo posible por ocultar a todos todo aquello que fuera de valor para él:

—Nunca jamás nadie me quitará algo valioso para mí. Nunca, nunca. —Pensaba Alberto a la vez que se levantaba del suelo para ir a acostarse en su cama.

Que Alberto estuviera en el «armario» hasta ya bien entrada la segunda parte de la década de los veinte, se explicaba por ese temor a la familia. No quería defraudarlos. Había crecido tratando de mostrar la mejor imagen posible de cara a la galería familiar. Solamente cuando la abuela, madre de su padre, y también éste, murieron, Alberto tuvo fuerzas para decírselo a los otros miembros de la familia: la madre y los hermanos.

ENCUENTROS NOCTURNOS

Era ya bastante tarde y el ambiente estaba en silencio. Por eso fue fácil escuchar claramente la voz de Alberto. En aquel momento fugaz a punto de dormirme, se inmortalizó uno de los episodios más románticos de mi vida.

—¡Erik! —exclamó Alberto llamándome en voz baja—. Erik, ¿estás despierto? —preguntó a continuación.

No sabía qué quería y temía que quisiera pedirme algo cuando yo necesitaba dormir. Así que me quedé callado. Por un instante tuve la tentación de contestarle, pero me retuve, a la espera de saber más. Así que fingí no oírle y mantuve los ojos cerrados como si estuviera dormido.

Para mi sorpresa, Alberto no siguió insistiendo más y dejó de llamarme. No era lo que esperaba. Pero más me sorprendió que entrara directamente a mi habitación sigilosamente mientras se acercaba a mi cama. En ese momento pensé que ya debía hacerle saber que estaba despierto. Él se agachó lentamente. Tenía curiosidad por ver qué haría si creía que yo seguía dormido. Tal vez me hablaría más fuerte o me tocaría un brazo para intentar despertarme. En ese caso debería suponer que era urgente y no podía dejar el asunto para mañana.

Entonces noté a Alberto cerca de mi cuerpo. Sabía que me estaba observando y en ese momento me di cuenta que aquello no iba de pedirme un favor. Se trataba de un interés distinto. Quizá al cabo de medio minuto fue cuando me tocó el brazo con sus dedos, muy suavemente. Me estremecí pero intenté ocultarlo. Luego puso sus dedos en mi abdomen y empezó a acariciarlo. Yo tenía el torso desnudo, ya que era verano y hacía mucho calor. Una vez más me estremecí violentamente, pero seguí haciéndome el dormido.

Alberto siguió subiendo con sus dedos hacia mi pecho y primero uno y después otro acarició mis tetillas. Era una sensación sumamente agradable que ya no hacía estremecerme, sino sólo gozar del masajeo de sus dedos en mi pecho. Quería que no parase, pero retiró sus dedos de mi pecho al cabo de apenas un minuto.

Seguidamente me acarició la cara otra vez con sus dedos, y me emocioné por su ternura. Sólo deseaba que me besara en los labios. Pensé que si me seguía haciendo el dormido, podría ser que se atreviera. Me lo estaba imaginando y me sentía sumamente feliz. Pero Alberto se levantó poniendo punto final a aquel momento tan erótico. Y se fue de la misma forma que había entrado, sigilosa y mágicamente como en un sueño.

Al despertarme a la mañana siguiente estaba un poco confundido. Por un lado, tenía la sensación de cuando uno se despierta de un sueño. Por otro, tenía claro que lo que había ocurrido la noche anterior con Alberto había sido muy real.

Me preguntaba si debía haberle hecho saber que me estaba enterando de todo. ¿Eso hubiera permitido que continuase y fuera a más? ¿O si por el contrario eso hubiera provocado que parase antes de tiempo? Tal vez era imposible de saber ya lo que hubiera ocurrido en ese hipotético caso.

Lo que también me turbaba era no saber qué hacer seguidamente. ¿Tenía que decirle a Alberto que sabía lo que había pasado la noche anterior? ¿Sería conveniente hacer como si nada y ver si Alberto daba algún paso?

—¡Buenos días! —exclamé al encontrármelo en la cocina preparándose el desayuno.

—¡Ey Erik! ¡Buenos días! —me saludó él un poco nervioso.

—¿Qué tal? ¿Cómo has dormido? —Fue lo primero que se me ocurrió decirle.

—Bien, ¿y tú? —respondió él mostrándose realmente interesado por saber mi respuesta.

—Muy bien — contesté con una entonación plana, al dudar qué quería transmitirle.

Me estuve preparando el desayuno entretanto Alberto empezaba a disfrutar del suyo. Finalmente me senté en la mesa con él. Mientras desayunábamos, noté a Alberto bastante excitado. No decía nada y ni siquiera me miraba. A mí su actitud me puso muy nervioso. No la hubiera encontrado extraña si no supiera lo que había sucedido la noche anterior, pero lo sabía.

—Si quieres puedes cambiar de canal. Yo ya me voy —me dijo mientras se levantaba de la silla y se dirigía a recoger sus cosas.

—No, da igual. Esto me gusta —le respondí, ya que tenía puestas las noticias y en ese momento era lo que más me apetecía ver.

Me sentí algo raro, porque fue la primera vez que temí que lo que había ocurrido no fuera a llegar a nada más. Como Alberto no decía ni hacía nada, ni yo me atrevía tampoco, en mi cabeza empezaron a surgir pensamientos negativos. Quise luchar contra ellos, diciéndome que no tenía por qué ser así, que aún había tiempo de hablarlo. O podría esperar simplemente a la noche y ver si Alberto volvía a acercarse a mi cama. Si era así, la próxima vez sí le haría saber que estaba despierto y que estaba conforme. Es más, deseaba que continuase con lo que dejó a medias.

Esa noche estuve despierto esperando en mi cama a que Alberto viniera a verme. Extrañamente, no tenía que vencer el sueño. Estaba tan excitado que no hubiera podido dormirme aunque esa fuera mi voluntad. Hacía mucho calor, como la noche anterior. Me había quitado la camiseta de tirantes y tenía el torso desnudo. Cuidé de echarme desodorante para así estar preparado para cuando Alberto apareciese.

Hacia la una de la madrugada empecé a dar por perdida la posibilidad de que Alberto viniera aquella noche. Pensaba que si hubiese querido venir no habría esperado hasta tan tarde. Dejé de sentirme nervioso. Estaba cansado y empezaba a querer dormirme. No sabía qué podría hacer al día siguiente, pero no me preocupaba en ese momento. Empecé a valorar lo vivido la noche anterior como algo sumamente bonito. Recordaba los dedos de Alberto recorriendo mi cuerpo y el olor suave de su perfume. Sabía que le gustaba a Alberto hasta tal punto de querer tocar mi cuerpo durante la noche. Eso valía mucho más que viniera o no esa noche.

No tardé mucho en dormirme, ya que no recuerdo mucho más. A parte de esos pensamientos, nada más pasada la una de la madrugada. Pero alrededor de las tres y media me desperté, desvelado por una voz que se clavó en mi corazón.

—¡Erik! —susurró Alberto.

Noté sus pasos acercándose sigilosamente a mi cama. Una vez más yo estaba con los ojos cerrados. No me moví tampoco, haciéndome el dormido. Alberto se agachó al lado de mi cama, tal y como lo había hecho la noche anterior.

—¿Qué pasa? —le pregunté a Alberto mientras abría los ojos.

—Ahh, quería preguntarte… quería preguntarte algo… Pero bueno, si estás cansado puede esperar… ¿sabes? —contestó manifiestamente nervioso.

—No, puedes preguntarme ahora. Estoy bien —le dije queriéndome mostrar despierto y dispuesto a escucharle.

—No, da igual. Me parece que no está bien preguntarte a estas horas. Mejor mañana.

Se estaba levantando cuando le agarré del brazo para evitar que se fuera así.

—A ver Alberto, sé lo que pasó anoche. Estaba despierto. ¿Tiene que ver con eso?

—Sí, sí era eso. ¿Dices que estabas despierto? ¿Y por qué no dijiste nada?

—Quería ver qué pasaba y hasta dónde llegabas. Estuve a punto de hablarte en varios momentos, pero me retuve.

—Pues deberías haberme dicho que estabas despierto.

—Puede ser, pero no creo que eso sea lo más importante.

—Ya, la verdad es que no —contestó Alberto con voz melancólica.

Entonces Alberto estaba a mi altura, agachado de nuevo, mirándome de frente. Mientras tanto, yo estaba acurrucado en mi almohada. Alberto se acercó más y me besó. Fue un beso suave, como si pidiera permiso. Tal vez era eso. Pero yo le correspondí besándole dulcemente. A continuación, nos besamos más apasionadamente. Alberto se metió en mi cama y nos acariciamos la cara. Noté su mano caliente tocando mis labios y sentí un escalofrío fugaz. Un chispeante ardor en mi cuerpo puso de manifiesto mis fuertes sentimientos hacia Alberto.

De repente, escuchamos un estruendo y nos asustamos. Parecía como si algo se hubiera caído. Pronto deduje que debía ser el calentador nuevo que habían instalado aquella misma tarde. Escuchamos como otros compañeros de la casa salían de su habitación e iban hacia la cocina. Fue el momento en que Alberto aprovechó para abandonar mi cama deprisa y salir de mi habitación. Se dirigió también a la cocina. Parecía que nuestro momento se había desvanecido. Alberto no volvió otra vez esa noche. Supuse que necesitaba descansar, ya que al día siguiente tenía que levantarse temprano para ir a trabajar.

Además, el estruendo de la caída del calentador ya nos había desbaratado aquel momento mágico.

Ese momento roto quedó inmortalizado en mi mente mientras me dormía plácidamente.

CREO EN TI

Aquellas dos noches en las que Alberto se acercó a mí, llevado por la atracción que sentía, fueron decisivas para que después yo diera un paso también crucial. Porque hasta esas noches en las que vino a mi cama, nunca me había planteado tener nada con mi compañero de casa. Al principio me costó entender su comportamiento, pero luego conseguí conocerlo mejor y me gustó lo que veía. Aunque convivía con él, no sabía si era gay, pese haberlo sospechado alguna vez. De entrada, no pensé en él como algo más que un compañero.

Evidentemente, su atractivo físico me impresionó desde el primer día. Sin embargo, no miraba a Alberto con deseo sexual. Tan sólo me gustaba mirarlo a veces cuando lo veía por la casa sin camiseta. No se me pasaba por la cabeza tener algo sexual con él, pero sí que me gustaba su físico definido en el gimnasio.

Aquella mañana después de la noche en que Alberto se tumbó conmigo en mi cama, me desperté algo eufórico. La interrupción que hubo de nuestro momento me había dejado impaciente por encontrarme con él otra vez. Por eso, cuando lo escuché preparándose su desayuno en la cocina, di un salto de la cama para ir a verlo.

—¡Buenos días! —exclamé saludándole con una gran sonrisa.

—¡Buenos días! —me contestó Alberto también con una sonrisa algo picarona.

—¿Qué tal has dormido?

—Muy bien. ¿Y tú?

—De maravilla. Tras el susto del calentador me relajé y me dormí enseguida.

—Jajaja. Sí, es cierto. Por un momento pensé que era el fin del mundo —dijo riéndose alegremente Alberto.

—Jajaja. ¡Vaya noche! ¡Sí que fue curiosa! —No pude evitar reírme también acordándome de lo ocurrido.

—Sí, muy interesante —asintió Alberto moviendo su cabeza hacia arriba y abajo y apretando sus labios.

Entonces Alberto me dirigió una mirada divertida y se quedó tres segundos aproximadamente con sus brillantes ojos marrones fijados en mí. Me pareció que era un gesto de complicidad. Quizá también era una forma de tantear el terreno, para así ver mi reacción.

—Bueno, lo mejor de todo no fue precisamente la caída del calentador —dije para ya dar un paso en la conversación que nos llevara a hablar de lo que había sucedido entre nosotros las dos últimas noches.

—Sin duda, eso no fue nada. A mí me gustaron más otras cosas que pasaron.

—Vaya, y a mí.

—Lástima que el incidente del calentador no dejó que pasaran más cosas.

—Jajaja. Ya, es verdad. Me imagino que podría haber ocurrido mucho más.

Alberto había acabado de desayunar y estaba recogiendo sus cosas de la mesa. Casi se disponía a irse al trabajo. Era ya viernes, y nos esperaba el fin de semana en pocas horas.

—¿Qué haces esta noche? —me preguntó de pronto.

—Pues nada. Después de volver del trabajo iba a cenar aquí en casa. ¿Por qué? —pregunté con curiosidad, esperando que me fuera a proponer un plan.

—Podríamos ir a cenar fuera y luego a tomar algo en un bar. ¿Qué te parece? —propuso Alberto con determinación en aquel momento.

—Me parece genial. ¿Es eso una cita? —pregunté con interés nada disimulado.

—Jajaja. Si no es una cita, ¿qué es pues? —contestó Alberto con una carcajada sonora.

Seguidamente, nos sonreímos y Alberto salió de la cocina. Al cabo de unos pocos minutos, escuché cómo bajaba con ímpetu las escaleras del edificio. El ruido al cerrarse la puerta de la entrada me indicó que salía a la calle y se iba al trabajo. Me quedé allí solo, pero satisfecho con la conversación. Por encima de todo, estaba feliz por mi primera cita con Alberto. Aún no me creía que todo aquello me estuviera sucediendo.

La primera vez que Alberto me pidió una cita fue especial. Era difícil que el regreso a Barcelona no evocase aquella noche mágica. Recuerdo que el plan era primero ir a cenar a un restaurante y después pasarnos por un bar musical a tomar una copa, escuchar algo de música y bailar un poco. Fuimos a un restaurante por el popular barrio del *Eixample* de Barcelona llamado *Mussol*. Allí comimos de maravilla. Toda la comida estaba buenísima y los platos no eran excesivamente caros. Nos deleitamos con la exquisita cocina catalana y el inolvidable *pa de coca* («pan de coca»), que estaba delicioso. Era un viernes por la noche y, al ser el inicio del fin de semana, el restaurante estaba ya bastante lleno. Habíamos reservado mesa, por lo cual no tuvimos ningún problema.

Al llegar al bar *El Cangrejo* y escuchar la música de la famosa cantante Kylie Minogue, sentí una sensación de placer por todo el cuerpo. La música tiene efectos muy fuertes a veces sobre mí.

Ese momento fue uno de los más felices de mi vida. El entrar a un lugar como ese con Alberto me hacía inmensamente feliz. Escuchando la letra de la canción *I Believe in You* («Creo en Ti»), me sentía muy afortunado al lado de mi guapo acompañante. Aun siendo un bar gay lleno de chicos, Alberto me prestaba atención todo el tiempo. Así me hacía sentir increíblemente especial. Asimismo, yo solamente tenía ojos para él. En aquel momento tuve la seguridad de creer en él y en lo nuestro. No podía dejar de pensar que aquello era demasiado bonito como para que no saliera bien.

Después de pedirnos unos cocktails en la barra (y yo adoro los cocktails; especialmente un *Daiquiri de fresa*, *Mojito* o *San Francisco*, por estar entre mis favoritos), nos dirigimos a la pista de baile. Uno delante de otro nos pusimos a bailar en medio junto con los demás chicos. Yo saboreaba mi *San Francisco* dulzón con algo de alcohol que me hacía sentir algo eufórico. Sosteníamos nuestras bebidas con una mano y la otra la utilizábamos a veces para agarrarnos de la mano. Otras veces nos cogíamos por la nuca y nos besábamos apasionadamente, sobre todo cuando ponían alguna canción que nos gustaba a los dos. Me gustaba muchísimo cuando me tocaba el cabello suavemente. Eso y compartir la música y el momento era todo lo que quería entonces. Celebrábamos nuestro amor con besos, sin importarnos los demás. Eran parte del ambiente, pero no nos interesaba interactuar con nadie, porque ese día nos sentíamos sumamente enamorados. Fue uno de esos momentos románticos en los que la persona que tienes delante es todo lo que quieres, y no hay nadie por atractivo que sea que pueda eclipsar eso. Pocas veces ocurre, pero aquel fue uno de esos días mágicos.

Las palabras sobraban en aquel bar. El volumen de la música era excesivamente alto y tampoco hubiéramos podido entendernos bien sin alzar la voz todo el tiempo. Pero lo cierto es que nuestras miradas bastaban para decirnos todo lo que sentíamos entonces. También nuestro cuerpo servía para transmitir pensamientos y sensaciones. Esa noche hubo una conexión increíble entre nosotros. Todo se unió para que quedase hechizado definitivamente por Alberto.

—Estar con Alberto es todo lo que siempre he soñado —Pensaba mientras sorbía mi delicioso cocktail de frutas.

Noté la sensación que uno siente cuando está enamorado. La química hace que veamos a esa persona como alguien muy especial. Incluso la idealizamos. Es posible que sí sea especial para nosotros, lo que no implica que sea perfecta. Pero saber si alguien nos conviene depende de factores más racionales que lo que son impresiones causadas por la química del cuerpo. Ahora bien, ¿cómo prescindir de ella? Esa química es la que nos motiva a conocer a alguien. La atracción que surge facilita que nos acerquemos a esa persona, como me ocurrió a mí con Alberto. Lo que siguió fue gracias a la confianza que tuvimos el uno en el otro. Así, nos hicimos buenos amigos íntimos y amantes.

INTIMIDAD

Era un miércoles como muchos otros, pero que acabaría siendo muy diferente. Había ido a un bar donde charlaba con amigos y conocía a gente nueva todas las semanas que asistía. El mítico Meetup en el Versailles. El bar estaba muy céntrico así que era fácil llegar y encontrar chicos de todas partes, viviendo en la ciudad o de vacaciones en Barcelona.

Siendo un bar gay, estaba lleno de chicos. Había un público de diferentes edades, mayoritariamente treintañeros o de cuarenta y tantos. El local era sumamente bonito y con una decoración bien cuidada. La música era de estilo comercial y estaba a un nivel bajo que señalaba que la intención era no turbar las conversaciones.

Me lo estaba pasando bien, riendo y charlando con unos amigos. Me sentía contento de estar allí y disfrutar de un ambiente divertido y amigable. Justo cuando iba al lavabo me encontré con Sergio, ese chico tan majo que había conocido hacía poco en aquel mismo bar. Estaba con Andrea, su amigo italiano, aunque habían venido acompañados de otros amigos esta vez. Entre ellos estaba Alexey, que se hacía llamar Álex.

Álex era un chico rubio, de ojos azules, alto y sobradamente guapo. Llevaba una camiseta de manga corta, de color blanco, y unos pantalones cortos de color caqui. Resultó ser un chico muy hablador y simpático. Se veía vivaz, positivo y determinado. Me dijo que vivía en Barcelona desde hacía cuatro años, pero que era originariamente de Moscú. Entretanto conversábamos noté que había buenas vibraciones entre nosotros. Tenía una energía diferente a muchos de los otros chicos que conocía. Era increíblemente directo y abierto. Expresaba lo que pensaba, aun siendo políticamente incorrecto en ocasiones. Ese toque rebelde me gustó, no por la rebeldía en sí, sino por el coraje de decir lo que pensaba, a pesar de no gustar.

—Para mí los españoles no muestran un gran compromiso con el trabajo —me dijo Álex, sonando sus palabras excesivamente duras y directas, con un acento ruso suave.

—Entiendo lo que dices. Supongo que en muchos casos es así, pero no en todos —contesté queriendo matizar algo lo afirmado por Álex.

—No me malinterpretes. Me encanta vivir aquí y me he sentido muy bien acogido en Barcelona. Lo que ocurre es que la fiesta y pasarlo bien se ve como una prioridad, por encima del esfuerzo y el trabajo.

—Es cierto que la cultura española es algo diferente a la anglosajona. La vida aquí es más relajada y se busca un estilo de vida que permita disfrutar, no sólo trabajar.

—Pero no se pueden conseguir grandes cosas si uno no trabaja suficiente. Y los españoles en general no son muy dados a esforzarse. Esa ha sido mi experiencia.

—Comprender otras culturas no es fácil. Es cierto que uno puede tener la sensación de que a los españoles no les gusta trabajar y deducir por consiguiente que trabajan menos que en otros países. Sin embargo, que se trabaje diferente no significa que se trabaje poco.

—Es poco productivo cerrar tantos festivos. Así el país no puede progresar —insistió Álex con su argumento crítico hacia los españoles.

—Bueno, el tiempo libre es muy valorado en España. Se quiere hacer posible que las personas puedan disfrutar del ocio y de su tiempo para hacer otras cosas además de trabajar.

—Los españoles están excesivamente acomodados. Uno debe luchar por lo que quiere y no esperar a que otros nos den todo hecho.

—Estoy de acuerdo. Siempre he creído que perseverando se puede lograr lo que uno quiera, pero es verdad que muchos no se atreven a salir de su zona de confort y abandonan pronto — contesté dándole la razón en ese aspecto, considerando que yo también había criticado eso mismo de muchos españoles.

Álex me miraba fijamente con sus hermosos ojos azules. Era muy agradable conversar con alguien con una mentalidad crítica, pero a la vez no derrotista, sino luchadora. Me solía encontrar con chicos excesivamente conformistas. Algunos simplemente trataban de ser felices y no pensar en cómo mejorar sus vidas. Otros se quejaban, pero no querían hacer nada por cambiar lo que no les gustaba. En cambio, Álex hablaba de creer en tus sueños y convertirlos en realidad. Eso me gustaba.

—Siempre debes seguir tus sueños —me dijo con tono protector.
—Eso intento —contesté sintiéndome algo incómodo, porque me pareció que lo decía dudando de que no lo estuviera haciendo ya. Más tarde, me di cuenta que era normal que dudara sin conocerme bien aún.

Nos rozamos varias veces con nuestros brazos y piernas, hasta que al final reuní el valor de agarrar su mano. Estuvimos así agarrados un rato mientras seguíamos hablando. Estando sentados uno frente al otro con una mesa en medio, para mí esa mesa estaba de más. Sin planearlo, estaba teniendo una cita con aquel interesante chico ruso.

Álex quería ser actor. Por lo menos eso me contó. Estaba en una agencia de modelos. Muchos gais sueñan con ser modelos y alguna vez tienen algún contacto con la industria. Por lo general, los gais son muy susceptibles a todo lo relacionado con la belleza y lo estético. La vista es un sentido sobradamente importante para el colectivo. Álex me comentó que soñaba con irse a vivir a América y convertirse en actor allí.

Con sus veintiocho años tenía aún sueños que cumplir. Al parecer Barcelona no era suficiente ya. Después de unos años en la ciudad, y trabajar como camarero y posteriormente en la recepción de un salón de belleza-peluquería, no se encontraba totalmente integrado. Cierto es que le gustaba la ciudad, pero no se sentía parte de ella.

—Cuando era un adolescente y vivía en Moscú tenía una imagen colgada en mi habitación: Era de *La Sagrada Familia*. Siempre miraba esa fotografía y pensaba que algún día yo iría allí. Tanto creía en mi sueño que, ya ves, lo hice realidad.

—Sí, también creo que uno puede luchar por sus sueños y hacerlos realidad algún día.

—Yo creo en el destino. Lo que nos pasa es por algo. Hay una explicación detrás de todas nuestras experiencias. A partir de ellas, vivimos algo que nos está destinado.

—En mi opinión, la suerte se la crea uno. ¿De verdad crees en el destino?

—Sí, claro. Ahora mismo estoy hablando contigo por algún motivo. Mi destino es estar aquí porque esta experiencia me va a conducir a algo que necesito hacer.

—Quizá yo esté hablando contigo ahora también por alguna razón —le contesté coqueteando con él.

—Por supuesto que sí —aseguró Álex con un tono de voz que mostraba plena convicción.

—Estoy pensando que hablar contigo me está dando ánimos para luchar más por mis sueños. Escribir es mi pasión y me encanta, pero a veces me desilusiono algo y pierdo la motivación. Más de una vez me ocurre que siento como que lo que hago no importa a los demás. ¿Qué sentido tiene que escriba si no capta la atención e interés de otros?

—Sólo con que a una persona le llegue tu trabajo es suficiente. Puedes cambiar la vida de alguien con lo que escribes. ¿No te parece que eso es muy importante?

—Sí que lo es. Sé que lo que escribo ha tocado la fibra de algunos lectores, porque me lo han dicho. Posiblemente yo mismo no reconozco suficientemente lo que aporto. ¿Cómo van a valorarlo entonces los demás?

—Así es. No dejes de creer en ti ni en tus sueños, porque eso es lo que te permitirá hacerlos realidad algún día. Y vas a ayudar a mucha gente con lo que haces.

La conversación con Álex fue una de las más interesantes en ese bar. En realidad, fue la más fascinante. Era alguien que me daba coraje para luchar por lo que quería. Quería tener a mi lado a alguien así. Muchos no se preocupan por escuchar lo que pienso sobre mis proyectos. Él no sólo me escuchaba sino que creía en ellos. Creía en la capacidad de alguien de lograr todo lo que quisiera si se empeñaba en conseguirlo.

—A veces siento la necesidad de contarle a algunas personas mis sueños, pero enseguida me doy cuenta que no les interesa —dije sincerándome con Álex.

—Sí, pero eso no te debe desanimar.

—Están más preocupados por sus propias cosas, muchas de ellas ordinarias. No quieren oír hablar de proyectos más grandes. Creo que eso les hace sentir pequeños. ¿Entiendes?

—Ya. Debes seguir a pesar de eso. Cuenta con las personas que sí creen en ti.

—No es tan fácil encontrar personas que crean en mí. Al hablar de lo que siento cuando escribo, o mi dedicación a difundir mis libros, muchos desconectan. En ese momento piensan en ellos mismos y su respuesta es respecto a un autor o libro que les ha gustado. Tal vez les hace pensar que deberían leer algo. Pero, al fin y al cabo, lo que yo les quiero transmitir no llega. No puede llegar a quien está ensimismado en sí mismo.

—Eso ocurre. Tú sí crees en tus sueños, ¿no?

—Sí creo, aunque no siempre.

—Tienes que evitar la duda. Porque eso también se transmite a los demás.

—¿Quieres decir que posiblemente transmita la duda a otros y por eso no acaban de creer en mí?

—No lo sé, pero cree en ti —dijo mientras me sonreía. Le brillaban los ojos demasiado como para estar fingiendo interés.

—Vale, entendido.

De alguna forma, estaba convirtiéndose en una especie de cita improvisada en un bar bullicioso, con muchas interrupciones de otras personas que aparecían constantemente. A pesar de todo, perseveré en estar a su lado, al ver que él estaba por mí todo el tiempo. No fue una cita a solas todo el tiempo, pero pudimos hablar de temas íntimos y profundos. Incluso me dio la sensación que, el hecho de que fuera una cita espontánea y hubiera otras personas, en realidad contribuyó a que fuera una cita más distendida. Así, esa especie de cita dio lugar a hablar abiertamente de algunas cosas.

—Ha sido un placer conocerte y me encantaría volver a verte. Si me das tu teléfono, podríamos estar en contacto. Incluso hasta quedar un día.

—Claro, apunta. Es 713342701. Cuando quieras, estoy libre a partir de las nueve de la noche.

Pensé que era un poco tarde, pero fue sólo en el primer momento. Luego no me pareció tan tarde, y más siendo verano. Aún así tenía que irme para tomar el metro a casa.

—Tengo que irme ahora. Voy a coger el metro y ya me voy para casa —le dije para seguidamente levantarme de la silla y dirigirme a donde él estaba sentado.

—Vale. Puedes escribirme por el teléfono —me dijo Álex con una sonrisa.

Álex se levantó entonces y me acerqué más. Le miré a los ojos. A esos ojos brillantes que me transmitían una chispa singular. Estábamos tan cerca que me atreví a darle un suave beso en los labios. Fue increíblemente bonito.

Me despedí de Álex con un gesto de despedida con mi mano mientras le dirigía una mirada risueña. Salí del bar bastante satisfecho. En definitiva, feliz por haberlo conocido y haber pasado aquel momento mágico con él. Pero no sabía qué sentido había tenido realmente todo aquello. Pero algo tenía claro: Quería saber más de Álex.

ÁLEX

Era Sábado noche y había quedado con unos amigos para cenar por el centro de Barcelona. Era una noche cálida, típica del mes de Julio. En mi mente aún tenía al guapísimo Álex. Aquel día era difícil de olvidar.

Cuando conocí a Álex en el bar, surgió el flechazo. Desde el primer momento que lo vi me sentí atraído por el chico ruso. El romance siguió aun cuando se acabó la noche. Álex me escribió de madrugada bromeando, quizá por los efectos embriagadores del alcohol. Todo ello me dio pie a escribirle mensajes, persistir en conocerlo y tratar de seducirlo. Quería volver a verlo y deseaba que pudiéramos tener una cita, una verdadera cita.

Aquella noche, cuando vi que estaba conectado por la mensajería del WhatsApp, me animé a hablarle. A pesar de que temía que se notase en exceso que me gustaba, no quería perder una oportunidad.

—¡Hola Álex! ¿No vas a salir hoy? —le pregunté intrigado, pero esperando una respuesta afirmativa.

No sabía si me llegaría a responder esa misma noche o al día siguiente. En realidad, no estaba ni seguro que me fuera a responder. Sin embargo, cuando volví a mirar mi teléfono móvil, Álex ya me había respondido. Apenas habían pasado unos minutos.

—Ya he salido hoy. He quedado para cenar con una amiga. Ahora es la hora de descanso.

Me sorprendió su respuesta. Iba a contestarle, pero pensé que era mejor esperar. Era esperar a que pudiera reflexionar sobre su respuesta y poder hablarle con calma. Y es que en ese momento ya habíamos acabado de cenar y nos dirigíamos a un bar musical. No pensaba quedarme mucho tiempo, porque no me quería acostar demasiado tarde. Eso a pesar de que me lo estaba pasando bastante bien con mis amigos.

—¿Y no hay bus nocturno? —me preguntó mi amigo Israel.
—Sí que lo hay, pero es muy lento y tarda mucho. Prefiero volver en metro —le contesté mientras miraba el reloj de mi móvil. No me apetecía nada tener que volver en el bus nocturno esa noche.

El bar musical se llenó justo cuando tenía que irme. Aproximadamente en media hora podría estar en la plaza Virrei Amat, y de allí a casa caminando tardaba apenas cinco minutos. Había disfrutado de mis amigos, de la música y del ambiente gay. Entonces me preguntaba por qué no salía más a menudo.

Cuando iba en el metro escribí a Álex:
—Me parece genial. Me gusta que un chico piense que esta es la hora para descansar. (Pensaba cuántos chicos había conocido que estaban siempre entregados a salir y trasnochar). Yo no salgo mucho, pero hoy me he quedado para cenar con unos amigos y después me he animado a salir un rato. Ahora ya me vuelvo a casa. Besos.

Definitivamente, el último mensaje de Álex había hecho que me interesase más por él. Ya no me sonaba a palabras vacías lo que Álex hablaba de que era importante el trabajo y luchar por lo que uno quiere. Su polémica crítica a España porque tenía la impresión que la gente estaba más inclinada a la fiesta, por lo menos no estaba basada en la hipocresía.
No sé si me creí todo lo que dijo al conocerle sobre ese valor del trabajo y el sacrificio. Al fin y al cabo, lo que esperaba es que se comportara como el típico chico de su edad viviendo en mi

país. Lo que cabía esperar era que saliera un Sábado noche de fiesta, bebiera algo o mucho alcohol y se acostara muy tarde. Todo lo cual me hubiera alejado de él, porque buscaba alguien con otro estilo de vida. Uno más parecido al mío, en el que salir no fuera el centro de la vida todo el tiempo. No quería estar a alguien que quisiera vivir de fiesta todas las semanas. Aunque fueran sólo todos los fines de semana.

No podría tener algo con alguien que su mayor aspiración fuera disfrutar los fines de semana de la fiesta y la bebida. Yo necesitaba a alguien más maduro. Lo que buscaba era alguien con más inquietudes. Con ganas de hacer cosas importantes y determinado para conseguir lo que quería. Esa persona quizá podía ser Álex.

Al recordar chicos que me habían interesado, pensaba en que además del físico me había cautivado algo más. Quiénes se veían responsables y comprometidos con su trabajo tenían un plus. Esa era una tendencia que parecía que deseaba seguir en cuanto a mis gustos por los chicos.

De todas formas tenía muchas dudas respecto a Álex. Era muy misterioso, o me lo parecía a mí. Cuando lo conocí en el bar, me animó escasamente a que me acercara a él para cortejarlo. Pero al mismo tiempo fue increíblemente atento y me habló abiertamente de su vida. Noté una buena conexión con él y conversamos estando muy cerca el uno del otro, lo que parecía una buena señal.

Lograba recordar además, que cuando Álex volvió del lavabo y alguien había ocupado su asiento, él se quedó cerca y me echaba miradas furtivas con una sonrisa. Si no le gustara, no me miraría así, ¿no? Me dio la impresión que era alguien sincero, que hacía lo que sentía, a pesar de que a veces no fuera lo adecuado según las normas sociales. Y no me equivoqué.

Mi inseguridad respecto a él era debida fundamentalmente a su atractivo físico. Álex era algo más alto que yo, bien formado físicamente, rubio con ojos azules e increíblemente guapo.

Llamaba mucho la atención un chico así. Me preguntaba por qué un chico con tantas opciones iba a querer estar conmigo.

Es más, nuestra dilatada conversación se alargó más e incluso de forma más íntima. Álex se sentó en una parte más privada al fondo del bar, donde había una mesa con dos asientos. Enseguida me dirigí a él y me senté enfrente. Seguimos hablando:

—Me ha encantado conocerte. ¿Me das tu teléfono y así podemos seguir en contacto?
—No llevo mi teléfono encima, pero sí claro. A ver… Apunta.
—¡Y me dio su número!
—Así incluso podemos quedar un día y conocernos mejor —le dije cuando acabó de decirme su número, intentando así justificar por qué le pedía el teléfono.
—Yo soy buena persona, como ya ves —dijo con una sonrisa irresistible.
—Bueno, tendría que conocerte más.
—Pues escríbeme cuando quieras.
—Lo haré. ¿Y cuándo estás libre normalmente?
—Siempre a partir de las nueve de la noche.
—Me tengo que ir ahora, pero ha sido un placer.
—Persigue tus sueños y, ya sabes, no lo dejes. Si perseveras lograrás lo que te propones.
—Eso es lo que hago y seguiré haciendo.

El primer beso en sus labios fue algo maravilloso. Me animé a besarlo porque él me dio pie con su flirteo. Tan sólo añadió:

—No acostumbro a besar al principio.

Yo me preguntaba entonces: ¿Será el principio de algo?
Sin embargo, una parte de mí dudaba y no se sentía segura, y me decía:

72

—Es una excusa para decir que no quiere que le bese.

Descubrí que los rusos suelen ser bastante directos. Si tienen que decirte algo, van al grano en general. Así que pensándolo dos veces, mi parte dubitativa no estaba siendo racional. Por lo que estaba conociendo de Álex, era bastante directo en comparación con los chicos que me encontraba normalmente.

Lejos de apartarme y ya desistir, me atreví a hacer algo atrevido cuando me disponía a salir del local:

—¿Puedo besarte otra vez? —le pregunté con osadía y decisión.

Álex asintió para mi sorpresa. Creí que rehusaría. Pensé que una cosa fue el primer beso que quizá no vio venir, y otra era el segundo. Era su oportunidad para rechazarme, pero no lo hizo. Su comportamiento era más el propio del chico que utiliza un flirteo algo sutil y no anima demasiado que uno avance, pero que tampoco se opone. Por ello, deduje que sí quería en el fondo. Además, no paraba de mirarme con una sonrisa asombrosamente sexi.

Nunca me habría interesado tanto por la cultura rusa si no hubiera conocido a Álex. Por trabajo había conocido a otro chico ruso, Sergio, joven, guapo e interesante. Sin embargo, por las circunstancias no me había planteado nada más allá de la relación de trabajo. Ni siquiera sabía a ciencia cierta si era gay. Recuerdo que había una conexión increíblemente buena, lo que me sorprendió favorablemente. La idea que uno tiene de los rusos es que son escasamente amigables. En cambio, la sensación con este chico fue totalmente distinta.

También en el entorno profesional conocí a una chica rusa, Svetlana. Era una de mis compañeras y resultó ser muy dulce y amigable. La conexión con Sandra fue muy buena. Una vez más, y considerando que no conocía muchas personas rusas, descubría a gente amigable. El tópico de que los rusos eran intimidantes y causaban aprensión no se cumplía.

Es cierto que por fuera se veían algo duros y podían intimidar un poco de entrada. A pesar de ello, tan pronto como se les conoce algo más son personas sumamente amigables. Esa era mi experiencia y lo que después descubrí de otras personas que contaron sus experiencias tratando con rusos.

Había conocido también a otro ruso por una red social: Dimitri. Era misterioso y se veía duro y algo severo por fuera. Siempre que decíamos de quedar se echaba para atrás porque salía por la noche y bebía mucho, por lo que estaba de resaca. Al final me cansé de hablarle y encontrarme siempre con esa actitud. Más tarde comprendí que se comportaba como el típico hombre ruso que ama beber y beber mucho. Muchas mujeres rusas se ve que tenían muchos problemas con los hombres rusos por ese motivo. Un día lo vi por casualidad en el *Día del Orgullo Gay* que se celebraba en Barcelona. Fue apenas unos segundos y no dio casi tiempo de tratar de saludarlo, si es que hubiera querido hacerlo. Más adelante lo vi en la puerta de un bar, donde esa vez si nos saludamos. Noté que Dimitri estaba algo interesado, pero no pude discernir cuánto.

Álex me hacía esperar sus mensajes frecuentemente durante bastante tiempo. Tal y como me había sucedido con Dimitri. Había oído que los rusos eran más calmados que los occidentales europeos o americanos. Es posible que no necesitasen responder rápidamente, especialmente cuando estaban enfocados en otra cosa. O quizá se tomaban su tiempo para reflexionar. Pero a mí me hacía dudar de su interés por mí. Esa tardanza me hacía sentir inseguro.

Pero nos íbamos enviando mensajes continuamente. Él quizá aún no lo sabía, pero iba a seducirlo antes o después. De una manera u otra.

—¿Tienes perfil en alguna red social?

—Sí, *Instagram*. Te paso mi nombre.

—Vale, también te paso el mío por si quieres seguirme.

—Ya te he enviado solicitud de seguimiento.

—Ah sí, lo he visto.

—Ok.

Pude observar que Álex tenía varias fotos con su perra y que la adoraba. Supe en aquel momento que ella era muy importante para él.

—Quieres mucho a tu perro, ¿verdad? —le pregunté inicialmente sin saber el género de su mascota.

—Sí, bastante. Es una perra y se llama *Biba*.

—¡Qué nombre tan hermoso! Me encantan los perros. De hecho son mis animales favoritos.

—Gracias. Es un nombre ruso.

—Es precioso. Por cierto, ¿vas a ir esta semana al bar donde nos conocimos?

—Me gustaría. ¿A qué hora empieza y cómo se llamaba el bar?

—Comienza a las ocho y media, pero si llegas algo más tarde no pasa nada. El bar se llama *Versailles*.

—Trataré de ir. Acabo de trabajar a las nueve.

—Pues entonces cuando salgas del trabajo ven directamente al bar. Voy a apuntar que venimos dos.

—No hace falta apuntarse. No te creo... El otro día vine y no me había apuntado.

—A ver, una vez si vienes no pasa nada si no estás apuntado. Pero el encuentro del bar que hace el grupo para conocer gente y hablar inglés requiere confirmar la asistencia si uno viene regularmente. Si no me crees, pregúntalo cuando vengas, jeje.

—Ok.

—Además, es muy importante que hablemos en inglés. Ya me llamaron la atención algunos miembros del grupo por estar hablando contigo en español. (Lo hice con gusto pero era cierto que no se pueden hacer excepciones)

—Vaya, no lo sabía.

—No te preocupes guapo. Sólo te lo digo para que lo sepas —le dije para dejar claro que el próximo día tendría que hacer un esfuerzo y hablar más en inglés aunque le costase. El grupo estaba para eso.

Estaba satisfecho de haber conversado con Álex y de haberme atrevido a decirle que viniera al bar para así vernos. Además, había sido hábil para contarle que, de alguna forma, le había hecho un par de favores sin que él lo supiera. Primero, porque yo me iba a encargar de apuntarlo sin que él se tuviera que preocupar de nada. Segundo, le había hablado en español para que fuera más fácil para él, si bien yo estaba acostumbrado a hablar en inglés en los encuentros del grupo.

¡Qué bien me sentí cuando pude mostrarme como un verdadero caballero con él! Quería encargarme de que estuviera bien. Él se dio cuenta que yo le había hablado en español porque quería que pudiéramos hablar fluidamente. Incluso me había arriesgado por él a que otros me reprendieran por no seguir las normas. Sabía que él era una persona que valoraría eso. Y como lo sabía, me sentí orgulloso y poderoso.

La sociedad rusa era todavía sumamente tradicional por lo general. La caballería en los hombres no sólo estaba bien vista, sino que era lo que se esperaba por parte del género femenino. Un romanticismo que algunos podrían pensar que era anticuado en pleno siglo XXI. Se espera que las personas sean independientes y no que se proteja y cuide a la pareja. Es la mentalidad occidental del nuevo milenio que de la mano del feminismo no quiere asumir la cortesía de los hombres con las mujeres, por considerar que eso las deja en una posición necesitada y de inferioridad.

En cambio, para la sociedad rusa, los hombres y mujeres tienen los mismos derechos desde hace muchos más años que en los países occidentales. Simplemente cada género tiene su rol. El marido debe elegir y proteger a la mujer. Ésta espera ser cuidada y protegida. A la vez, las mujeres son fuertes. Parece contradictorio, pero no lo es. Aún asumiendo su papel, las mujeres rusas son capaces de afrontar las peores circunstancias y no abandonar. Estarán con su marido hasta el final, porque creen en el amor para toda la vida.

Conforme conocía más peculiaridades de la sociedad rusa, más me atraía. Nunca pensé que me seduciría tanto una cultura como esa. Falto del menor interés por Rusia durante toda mi vida, ni tampoco por los hombres rusos, era sorprendente para mí. En Cataluña y España, los hombres rusos no eran un ideal de belleza. Los árabes y latinos resultaban más atractivos por lo general. Los hombres nórdicos eran considerados menos masculinos por la sociedad española, que aún valoraba el *macho man* como especialmente seductor.

Durante mucho tiempo me interesaron escasamente los nórdicos con piel blanca, rubios y ojos azules. Siempre me fijaba en los morenos, y si su piel era algo bronceada, mucho mejor. El color de los ojos no me importaba demasiado. Hacía poco tiempo que había empezado a interesarme también por otro tipo más cercano al nórdico. Así es que me enamoré en Tailandia de un francés, de piel blanca, rubio y con ojos azules. Me pareció atractivo por su personalidad, aunque físicamente fuera también agradable a la vista.

Desde el principio me fijé en Álex por su físico. Me llamó mucho la atención en el bar con su camiseta blanca de manga corta y sus pantalones cortos. ¡Se veía tan guapo con aquellas luces del bar! Es cierto que la iluminación del bar tenía algo que ver. Bajo esa iluminación todos nos veíamos más agraciados. No obstante, Álex me gustó también por su forma de ser. Su carácter rebelde y determinado me llamó la atención.

Pese a que yo no lo sabía al conocerlo, Álex hizo gala de su carácter ruso conmigo. Se dice que los rusos tienen una relación curiosa con las normas. Saben que existen para la convivencia social, pero no se sienten obligados a seguirlas siempre. Pues bien, ese día, Álex hizo algunas cosas que según yo y muchos otros consideraríamos que estaban fuera de lugar. Se saltó más de una regla social, pero eso es lo que permitió intimar y conocerlo más y mejor.

AUTOESTIMA

La noche que me esperaba era de lo más prometedora. Había cerrado una cita con el chico que me gustaba en el bar donde lo conocí. Nos apunté a los dos juntos, y para mí era como si llevara a mi chico. Era mi amigo especial, al que estaba conociendo y deseando ver. Álex y yo nos veríamos esa noche y yo planeaba que nos sentásemos en una mesita en la parte íntima del bar. Sería como la primera vez. No, mejor dicho, sería mejor. Incluso maravilloso podría ser porque esta vez intimaríamos más, y nos acercaríamos más el uno al otro. No sólo física, sino también espiritualmente.

Iba a ser la noche perfecta para dar un paso más en nuestra especial amistad. Era la noche que marcaría un antes o un después en mi vida. ¿O lo había sido la noche en que lo conocí? En cualquier caso, tenía que seducir a Álex sí o sí aquella noche. O era decidido e iba a por todas esa noche, o Álex no sería para mí. Sí, era así, yo sabía que no había otra.

Había leído lo suficiente sobre el carácter ruso como para dilucidar que no podía ser de otra manera con Álex. Confiando en mí mismo y yendo a por él es cómo lograría impresionarlo. Él no esperaba menos de mí. Yo deseaba cumplir su deseo, aunque no sabía si él sabía ya que era lo que quería.

Elegí que Álex iba a ser la persona especial en mi vida a partir de entonces. Pude ver algo de su alma y me pareció bella. No sólo era hermoso por fuera. Me di cuenta que Álex era una buena persona, que me querría y trataría con respeto y amor. Eso es lo que yo necesitaba. Una persona así a mí lado podía hacerme feliz. Alguien capaz de comprometerse con sus objetivos, y yo esperaba ser uno de ellos. Ya estaba cansado de encontrar a personas que no sabían lo que querían, carentes de objetivos en la vida, absorbidas en sus vidas ordinarias o carentes de ambición.

Muchos chicos que había conocido hasta entonces no tenían mayor interés que salir de fiesta, disfrutar y tener una vida cómoda. No tenían grandes sueños ni deseos de sacrificarse por cosas importantes. En Álex vi algo diferente. En él vi la llama de la persona luchadora, que trabaja por hacer realidad sus sueños. Ese era mi tipo de hombre, el que me cautivaba y podía admirar.

Una persona que pone su corazón en lo que hace es digna de admiración. Poco valor tiene quien hace las cosas por obligación y con desgana. Las personas apasionadas no son así. Las personas que necesitamos sentir lo que hacemos ponemos nuestra pasión en ello. No podemos vivir de otra forma, y cuando nos damos cuenta que algo no nos llena, sabemos que debemos buscar otra cosa.

Más allá de abandonar, se trata de no seguir con lo que no funciona para uno. Si no sentimos pasión por un proyecto, lo mejor es dejarlo ir. Otra cosa diferente es si es una meta que nos motiva, a pesar de que sea difícil. La dificultad no es una barrera para las personas apasionadas. En realidad, ese reto aún nos motiva más. No abandonamos por la dificultad, sino al contrario. Lo que es muy fácil y al alcance de cualquier persona no es de nuestro interés.

Aquella noche planeada iba a ser prometedora porque iba a encontrarme con alguien que compartía mi filosofía de vida. Era el alma que me iba a acompañar en mi viaje a partir de entonces. Iba a darme los ánimos que necesitaba para avanzar más rápido. Él me daría soporte para que mis sueños se hicieran realidad. Ya lo estaba haciendo. Él me inspiró a ser mejor. Fue por él que enriquecí mi vida al descubrir otras culturas y darme cuenta que podía desarrollar unas habilidades que de hecho ya tenía.

Era imposible olvidar aquella primera vez que lo conocí y me dijo:

—Nunca abandones tus sueños. Siempre debes luchar por ellos. Sólo así puedes hacerlos realidad.

Álex empezaba por A, la maravillosa letra de «Amor», porque él era todo el amor que me faltaba y que él iba a llenar. Su amor y respeto iban a completarme, porque a veces sentía que me faltaba algo. Ese algo es el amor de alguien que signifique mucho para mí. Todos tenemos esa necesidad de ser amados, de una forma u de otra, lo reconozcamos o no. Y si bien muchos creen que pueden ser totalmente autosuficientes, lo cierto es que la vida sólo puede ser entendida si logramos sentir y recibir amor. En primer lugar, amor por uno mismo. Después, llega el momento de amar a otros y ser correspondidos.

Resultó curioso que, cuando decidí preocuparme por sentir más amor hacia mí mismo, fue cuando empecé a estar más preparado para conocer a alguien. Así es como llegué al punto de conocer el amor o reconocer el amor en Álex.

Y todo empezó leyendo un libro. Justamente un libro que ya había leído. Lo que me lleva a la conclusión de que necesitamos leer los buenos libros más de una vez. Ese libro era *El poder está dentro de ti* de la escritora americana Louise L. Hay. Es un libro que habla de cómo conectar con tu interior y darse amor. Por aquella época, a través de la lectura, empecé a encontrarme con mi «yo» interior. Así conecté con mi «niño interior» y mi «adolescente interior». Llevamos dentro todas las personas que hemos sido en nuestra vida. Eso aprendí, y por este motivo necesitaba estar en paz con todos mis «yo's».

Y la mejor forma de estar en paz y sentirse bien es aprender a amar a todos nuestros «yo's». Entonces estaremos preparados para amar a las distintas personas de nuestro entorno. A mí me ocurrió y pienso que le puede suceder a todo aquel que sane sus heridas y se reconcilie con sus «yo's». Quizá no se esté peleado con ellos, pero si no les hablamos y les decimos que los queremos de vez en cuando, esos «yo's» se sienten pequeños, ignorados, no aceptados ni queridos. Así nos sentimos mal aun sea de forma inconsciente. Lo más sensato es reconectar con nuestro interior.

Me sentía bien con mi vida. Era uno de los momentos en los que todo parecía funcionar. Después de bastante tiempo en el que casi no iba bien nada, por entonces sentía que las cosas habían mejorado. Además de mi trabajo de profesor, que me llenaba mucho, tenía mi pasión por desarrollarme como escritor. No sólo volvía a escribir más, sino que me encargaba de trabajar en que mis escritos fueran conocidos cada vez más. Ningún esfuerzo era excesivo para hacer que mi sueño se volviera cada día más real.

Más allá del reconocimiento, que era desde luego importante para mí, escribir era una necesidad de mi corazón y mi alma. Ya no podía entender la vida sin escribir. Era lo que me haría inmortal, que era para mí un objetivo vital. Dejar una huella en este mundo que perdurase después de irme era una motivación enorme. Lo que escribía se convertía o se convertiría en algo valioso para algunos o muchos. Porque lo escrito ayudaría a esas personas a mejorar, descubrir otras perspectivas de la vida, conocer otras culturas, aprender a ser más felices, etc. Al fin y al cabo, todo lo que escribía tenía ese fin de servir a alcanzar un conocimiento mayor de la humanidad que facilitara la vida de aquellos que me leían.

Entretanto vivía esa magia de ser escritor, era feliz. Me costó llegar a ese punto de mi vida, pero finalmente era posible. Me percaté de que toda mi lucha había merecido la pena.

Sólo había algo que me causaba temor: la frialdad. Mientras me enamoraba de Álex en un momento de mi vida en que todo mejoraba, sentía temor a confundir ilusión o deseo con realidad. No sabía si lo que ocurría con esa historia de amor era fruto de mi imaginación o tenía algo que ver con la realidad.

¿Cómo saberlo? ¿Qué es lo que hace que algo sea real? ¿Cuál es la diferencia entre lo real y lo que no?

Cada uno puede vivir únicamente lo que cree real. De otra manera no sería posible. Lo que para uno es real, para otro puede no serlo. La vida es más plástica de lo que uno puede pensar, mucho más de lo que yo llegué a pensar.

La frialdad que percibía en Álex quizá era sólo la que yo estaba predispuesto a encontrar. Era lo que yo buscaba. No quería alguien que pareciera falso, siendo demasiado amigable. Deseaba algo auténtico. La autenticidad no era excesivamente amable o amorosa, sino delicada y calmadamente honesta. Eso es lo que había en Álex.

—Hola lindo, ¿cómo va el martes? Ya estamos apuntados al *Meetup* de mañana —le dije poniéndole un *emoji* con un guiño.

—Hola, bien. Voy ahora al trabajo muerto de calor… Intentaré asistir mañana.

—Está haciendo mucho calor este verano. Me imagino que en Rusia es muy diferente, ¿no?

Al pasar un rato, miré mi teléfono y comprobé que Álex aún no me había contestado. Pensé que estaría ocupado con sus cosas. Como en su último mensaje me comentaba que iba de camino al trabajo, supuse que no tendría tiempo para hablarme entonces. No me importaba demasiado, porque confiaba en que me respondería. Y no me podía quitar de la cabeza el recuerdo de aquel primer beso.

84

EL BESO

Un beso puede ser tan importante como queramos que lo sea. Cuando besé a Álex por primera vez no sabía lo relevante que era para él. Por otra parte, era consciente de que era muy significativo para mí dar ese paso.

Fui algo escéptico cuando Álex me contó que darme un beso la primera vez que nos veíamos no era algo que él hiciera habitualmente. Lo interpreté como una excusa de que no estaba interesado. Pero había algo que me hizo sentir que sí lo estaba y entonces le pedí un último beso al despedirme. Así que, en lugar de no darme ningún beso, como haría siguiendo su costumbre en el caso de un recién conocido, aceptó recibir dos besos en sus deliciosos labios.

No saber es perderse mucho. Yo no sabía que su actitud no era fría al no querer besarme, ni tampoco falta de interés. Era más bien su forma de entender el cortejo, de conocer a alguien de forma más pausada. Formaba parte de su cultura y forma de ser. Era una regla que él seguía porque había desarrollado una personalidad distinta a la de muchos otros chicos occidentales, más liberales. Eso no era ni mejor ni peor, pero sí diferente.

—No beso la primera vez que conozco a alguien —dijo Álex como respuesta a mi deseo de besarle.

Sus palabras no impidieron sin embargo que yo le besara. Él no se apartó. Y accedió al segundo beso. Creí que para él no era importante, cuando lo era, y mucho. Lo miré con mi mente occidental basada en el poco valor que tenía un beso. Los besos no eran como en épocas anteriores en las cuales dar un beso era muy significativo. En las películas de hoy en día es fácil ver besarse a los enamorados. No era así en las películas de hace años. Es más, el beso era la culminación de algo intenso entre dos personas. Llegar a darse un beso sucedía sólo cuando había quedado confirmado algo muy especial entre los dos.

Álex no me besó, pero aceptó recibir mis besos. Cada vez que pensaba en esos besos me emocionaba. Fueron unos momentos de excitación y satisfacción por conseguir los labios de la persona que me gustaba. Era un pequeño triunfo también. Una prueba superada en cuanto a ver la reacción de Álex. Si no me hubiera dejado besarle, no hubiera sido una buena señal. Quizá tampoco sería tan mala si hubiera rehusado, considerando cuál era su forma de pensar.

Definitivamente, los besos que Álex aceptó de mí sí que eran una muy buena señal. Confirmaban que le gustaba. Algo o bastante. Sólo así fue posible que se enfocara en mí esa noche. Sus ojos azules se fijaron en los míos durante mucho tiempo. Y se abrió a mí contándome muchas cosas de él y su vida. Tal vez los besos que le di al final también eran la culminación de algo especial que había empezado a surgir entre los dos. No sólo para mí, que lo era, sino también para él. Aunque yo entonces no lo sabía.

Un beso robado podría ser el comienzo de un bonito y apasionado romance. Pero yo quería algo más que eso. Quería algo que funcionara, y quizá ese fue el motivo por el que había elegido a Álex. Era la persona que podía complementarme. Tenía ese aire juvenil y fresco, a la vez que era bastante responsable, trabajador y maduro. Esa era la impresión que me había dado en el poco tiempo que lo había estado conociendo. Y como dicen que las impresiones que tienes de alguien justo al conocerlo son las que cuentan, además de que son las que percibimos manifiestamente, pensaba que podía funcionar.

Es curioso que desde fuera logremos ver a la verdadera persona que uno es, porque una vez involucrados en una relación con alguien, dejamos de mirar imparcialmente. Tenemos ideas preconcebidas, experiencias con esa persona y apegos que no nos dejan ver bien.

El beso podría ser el clímax del principio de lo nuestro. Era cómo me miraba aquella noche lo que me animó a besarlo. Su forma de hacerme sentir importante cuando se fijaba sólo en mí y no miraba a los demás de alrededor. Fue su mirada de respeto que mostraba que le interesaba que le prestara atención cuando hablaba en medio de los demás. Sin olvidar aquellas miradas furtivas cuando volvió del lavabo y alguien había ocupado su asiento al lado mío. Todo eso eran señales.

Fue aquel momento inolvidable en el que sus ojos brillaban al mirarme, cuando más noté que podía interesarle de verdad. Le conté mi experiencia viviendo en «La tierra de las sonrisas», como se conoce a Tailandia. Mientras le explicaba lo excitante de mi experiencia, su mirada me decía que estaba totalmente absorto en lo que le contaba. También se acercó a mí cuando supo de mis ambiciones literarias como escritor. Vio en mí alguien a quien apoyar, porque tenía sueños, y eso lo apreciaba en una persona. No pude contarle demasiado, ya que continuamente nos interrumpían.

Esa noche muchos se acercaban a nosotros. Me sentía algo celoso y sólo quería que se fueran y nos dejasen tranquilos conversando de nuestras cosas. En varios momentos, algunos tardaban bastante en irse y me daban ganas de irme yo porque me sentía incómodo. Supe tener paciencia y no abandonar. Así es como acabé por tener una cita improvisada con Álex, algo alborotada, pero muy útil para conocerlo. Además, al final pude conseguir agarrarlo de la mano durante un rato en la mesa del bar. Me encantó poder hacerlo entretanto él me sostenía la mirada mientras hablábamos. Estaba sumamente excitado. No quería que se acabara el momento, pero desgraciadamente tenía que tomar el último tren o se me complicaría mucho la vuelta a casa aquella noche.

Los besos pusieron el punto final a aquella mágica noche. Me despedí de Álex y de algunos chicos del *Meetup*. Esa noche llegaba a su fin, pero podía ser el inicio de algo especial. Esos besos podían ser los primeros de muchos más. También, aquella cita improvisada podía ser la primera de otras citas.

CITA ALTERNATIVA

Desaparecía con frecuencia. Álex no estaba siempre disponible. Parecía que no ponía de su parte para abrirse conmigo y conocernos mejor. Ante mis intentos de avanzar, él se mostraba frío. No me paraba pero tampoco me animaba. Se había convertido en un gran reto. Posiblemente por eso lo valoré tanto desde el principio. Es curioso que nos atraiga tanto lo que es difícil de conseguir. Álex no sólo suponía una tarea complicada, sino también sugestiva por la duda de si aquello llegaría a alguna parte. Pero no me quería dar por vencido demasiado pronto. Estaba decidido a luchar para ganarme su interés, y con suerte, su amor.

El día de encontrarnos en el *Meetup* llegó por fin.

—Buen día, esta tarde nos vemos, ¿verdad? —le pregunté intrigado por Whatsapp.

Pasaron unas horas antes de que me respondiera. Ya estaba acostumbrado a que Álex tardase en responder a mis mensajes. Hacia las dos de la tarde por fin me contestó:

—No voy a poder asistir hoy, lo siento. —Me imaginaba sus ojazos azules con mirada triste al decirme la mala noticia.

Me enojé algo porque me sentí decepcionado. Al principio no supe qué contestarle. Estaba defraudado porque esperaba que viniera. Pero me envió una foto de su trabajo como prueba de que de verdad aún estaba ocupado y no le iba bien venir ese día. Entonces decidí pasar al plan B. Era el plan alternativo que tenía en mente desde no hacía mucho por si acaso Álex fallaba a la cita del *Meetup*, como acabó ocurriendo. Se trataba de ofrecerle una cita alternativa a solas. Era algo planeado por mí para nosotros. Aún no sabía qué sería, pero tendría que ser algo especial.

—No pasa nada Álex. Te propongo otro plan: Vayamos a cenar juntos mañana por la noche. Te llevaré a un sitio, pero es una sorpresa, jeje.

—¿Dónde es? Quiero saberlo, jeje. —Me lo imaginaba con una sonrisa picarona.

—Si te lo digo ya no sería una sorpresa.

—Vaya, bueno. ¿Qué comida hay?

—Aún no puedo decirte nada, pero te iré dando más datos conforme se acerque el momento.

—¿Por qué no me lo puedes decir?

—Porque se trata de que haya cierto misterio para que sea más interesante la sorpresa.

—Vale, bien entonces.

Mucho no le podía decir porque yo todavía no sabía dónde lo llevaría. Era algo que tenía que planear. Y no era fácil. No tenía idea de sus gustos ni sabía si era muy exigente para esas cosas. Tendría que ser bastante creativo y audaz. Quería impresionarlo y ganarme su confianza y admiración. La razón era que pensaba que valía la pena. Esperaba que Álex sería un buen compañero de viaje para mí: atento, leal, generoso, fuerte y respetuoso. Además, veía en él a alguien que me podría ayudar a tener confianza en mí mismo y ser un soporte en los momento más difíciles. Quería creer en él para que se convirtiera en la persona más importante de mi vida. No podía dejarme seducir solamente por sus ojazos azules y su irresistible sonrisa. Tenía que encontrar algo más en él para dejarme enamorar por completo.

Al final fuimos a un pequeño restaurante donde sonaba jazz. Había un ambiente muy tranquilo y acogedor. Álex se presentó vestido con tejanos y una camisa azul. Se veía bien con esa ropa, como más mayor que cuando nos conocimos. Me sonrío al llegar y yo me acerqué para besarle. Un beso suave en los labios que dio magia a la cita.

Nos sentamos una mesa al final del local para tener intimidad. No había mucha gente, así que se estaba en calma, pudiendo escuchar sin problemas la música de fondo. Enseguida nos sirvieron las bebidas que habíamos pedido al entrar. Todo parecía perfecto. Pero de pronto cambió por completo con lo que Álex tenía que decirme.

—Es un sitio precioso. Me gusta —me dijo con una sonrisa que mostraba sinceridad.

—Me alegro. Pasé por aquí un día y pensé que estaría bien.

—Bueno quería decirte una cosa Erik. No quiero que se me entienda mal —dijo cambiando a un tono de voz más serio.

—Adelante, dime —le contesté algo preocupado, aunque no quería que se me notase.

—Normalmente voy a cenar con mi pareja —me dijo muy serio. Luego hubo un silencio que se hizo incómodo, para después continuar—. Llevamos tres años juntos. Cuando llegué de Moscú estaba muy solo y lo conocí a él.

—Vaya, no tenía ni idea. ¿Me lo dices en serio? —le pregunté con pocas esperanzas de que me diera una respuesta negativa.

—Sí, por supuesto —me contestó con un tono de extrañeza por mi pregunta.

—¿Por qué no me lo dijiste antes? No es lo que había entendido yo cuando habíamos hablado al conocernos.

—Por eso quiero aprender inglés.

—¿Qué quieres decir? —le pregunté algo desorientado por su contestación.

—Para expresarme mejor —me dijo como respuesta mientras miraba sin disimular a otro lado.

Tuve que tomar aire para no mostrarme molesto, porque lo estaba. No entendía que no me hubiera dicho algo tan importante hasta justo ese momento. ¡La excusa de que no se sabía expresar bien en inglés era tan absurda! Tenía la suficiente capacidad para hacérmelo saber en inglés. Además, hablamos mucho en español y me lo podía haber dicho, ya que hablaba bastante bien. No me lo dijo porque simplemente no quiso. En todos esos días que habíamos hablado por WhatsApp me lo podía haber explicado también. Evidentemente me lo contó en aquel instante porque se percató que las cosas se estaban poniendo serias y se sentía culpable.

¿Cómo había dejado que le cogiera de la mano teniendo novio? ¿Por qué no había evitado que nos besásemos? Sin duda no lo paró porque le gustó, ¿no? Debió disfrutar del hecho que alguien le cortejara y estuviera por él. Sintió debilidad por el romanticismo de nuestro encuentro y eso le pudo. A mí me pasó igual, pero yo estaba soltero.

No quise que las cosas se pusieran mal entre nosotros. Por ello intenté ser educado:

—Entendido pues que estás comprometido. Como me has caído bien y me gusta hablar contigo, si quieres podemos seguir siendo amigos.

—Me parece genial —me respondió mirándome fijamente con sus brillantes ojazos.

En aquel momento nos trajeron los primeros platos. La cena transcurrió tranquila, conversando de varios temas, como la situación de los gais en Rusia y las diferencias entre culturas, especialmente comparándolas con la española.

Cuando la cena se acabó, nos despedimos. Entonces solamente con dos besos, amargos besos. La magia parecía haberse desvanecido, por lo menos para mí. La noticia de Álex había enfriado mi interés por él. Ya no veía ningún sentido a saber más de él. Había dejado de creer, por lo que sus besos ya no me sabían a miel.

INCRÉDULO

A medida que pasaban los días, pensaba cada vez menos en Álex. Poco a poco, me dejó de interesar saber de él. No tenía ya ilusión por escribirle. Pensaba que él no había sido honesto conmigo al no decirme que tenía pareja. Aún viendo que a mí me interesaba desde el día en que nos conocimos, evitó el tema de hablar de que estaba con alguien. Y debía ser algo ya consolidado, porque llevaban tres años juntos. Hubiera sido diferente si hiciera poco que salía con ese chico. Pero que tuviera ya una relación de pareja lo cambiaba todo.

Por ese motivo, no entendía que no me lo hubiera contado antes. Entonces ya no confiaba en él, ni siquiera como amigo. Eso a pesar de que le dijera que me caía bien y que quería que tuviéramos amistad. Cuando se lo dije lo pensé en serio. Pero entonces aún estaba bajo los efectos de la admiración que sentía por él. La alta valoración que tenía de Álex se acabó. Había sido frío porque ya tenía pareja y no quería ser el que me diera expectativas, pero no era necesario que se comportara así. Tan sólo tenía que haberme dicho que tenía pareja. Se hubiera acabado mi cortejo e interés por él. Seguramente que él lo sabía, pero no quiso hacerlo.

Después de días sin hablarnos, Álex me escribió:

—Hola, ¿qué tal? Esta semana creo que sí iré al *Meetup*.
—¡Ahh! Muy bien. Te irá bien para practicar inglés.
—Sí —dijo escuetamente.

Le contesté con un *emoji* de *Ok* y no seguí hablándole. Él tampoco me escribió más ese día. Sentía que yo era más frío con él y que ya no quería hacer el esfuerzo de comunicarme con él. No veía ya sentido a nuestras charlas.

A pesar de no hablarle, Álex me escribió otra vez el día del *Meetup*:

—Hola, sí voy a ir hoy al *Meetup*. ¿Me tienes que apuntar?

—En principio sí, pero tampoco sucede nada si no te apunto.

—Vale, pues apúntame.

—Es que no sé si iré yo, y si yo no voy no puedo apuntarte.

—Vaya. ¿Por qué no vienes?

—No sé, no estoy seguro aún. Pero no te preocupes, puedes ir al *Meetup*. Nadie te va a decir nada aunque no estés apuntado.

—Vale, gracias igualmente.

—De nada. Si fuera al final, ya te apuntaría.

—¡Genial! —respondí esperanzado de que sí viniera.

La conversación se quedó estancada entonces. No veía motivos para seguir. Ni tampoco tenía nada que decirle. Era como que ya estaba todo dicho, y que no había nada más que quisiera saber de él. Había averiguado todo lo que quería saber durante el tiempo que le que conocí y luego nos fuimos escribiendo. Al saber lo de su pareja, fue ya el punto final, porque no me quedaba nada más que me interesara preguntarle. Ya sabía quién y cómo era Álex. No necesitaba saber más. Para mí era ya una historia acabada.

No fui al *Meetup* al final. No me apetecía mucho ir ese día. Lo cierto es que no tenía ganas de encontrarme con Álex. Era un poco incómodo porque no sabía qué decirle. Después de haberle hablado tanto y haberme mostrado tan interesado por él, no me apetecía estar sonriente y fingir que me interesaba cómo le iba todo.

—Una semana de descanso privándome de ir al *Meetup* me irá bien. —Pensaba mientras tomaba el sol en la terraza de casa.

Y así fue como el deseo de ver a Álex se transformó en la intención de evitarlo a toda costa. Había construido una imagen tan buena de él al conocerlo, que cuando supe lo que me había estado ocultando mi valoración de él cayó en picado. Me había decepcionado mucho con su falta de honestidad. Y la decepción fue mayor de la que sería con otra persona porque pensaba que una de sus cualidades era ser honesto y directo. Había descubierto que era todo lo contrario. Había tenido unas altas expectativas en el chico de los ojazos azules, pero me había decepcionado.

Si bien quería olvidarlo y era incrédulo en cuanto a lo nuestro, me lo volví a encontrar relativamente pronto. Estaba pasando el rato en el bar *Moemm*, un pub de ambiente gay de moda en la zona del *Gaixample* de Barcelona. Había conocido a unos chicos y chicas y me estaba divirtiendo hablando con ellos. Entonces fue cuando vi a Álex al fondo de la barra. Apareció acompañado de un chico latinoamericano, que supuse que sería su pareja.

Me pareció que su chico tenía un atractivo. Al menos físicamente. Así y todo, no me transmitió nada en cuanto a su forma de ser. Cierto es que no lo vi mucho y ni siquiera hablé con él, pero me pareció muy «estirado». No sonreía ni era agradable. Parecía no estar contento.

Después de pedir sus bebidas, Álex y su chico pasaron cerca de mí y yo le saludé con la mirada. Entonces Álex se acercó:

—¡Hola Erik! ¿Cómo estás? —me saludó con su sonrisa sexi.

—Muy bien. Ya ves, aquí divirtiéndome —le respondí tratando de no mostrarme arisco, pero a la vez falto de entusiasmo.

—Te presento a Carlos. —Así me presentó a su pareja. Nos dimos dos besos.

—¡Qué casualidad vernos aquí!

—Jajaja... ¡Sí!

—¿Vienes mucho por aquí?

—Algún día entre semana después de cenar venimos a tomar algo. ¿Y tú?

—Últimamente vengo con más frecuencia.

—No te vi en el *Meetup* de la semana pasada.

—Ya, me tomé un descanso. Puede que vaya al próximo.

—Creo que también iré, así que ya nos veremos allí —me dijo Álex entretanto su novio se mostraba notoriamente impaciente por moverse de allí.

—¡Genial! —le contesté con una alegre sonrisa, que me sorprendió a mí mismo.

Álex se dirigió hacia una pequeña mesa a apenas tres metros de donde yo estaba. Estaba de pie con su novio. Yo retomé la conversación con la gente que había conocido. Pero tener a Álex tan a la vista, sabiendo que él también me veía, junto al sentimiento de despecho, fue determinante para lo que haría seguidamente. Había un chico jovencito y guapo que había conocido esa tarde y, desinhibido por los efectos de unas copas que había tomado, coqueteé con él, deseando que Álex me viera. Me acercaba al chico, Marc, para hacer como si tuviéramos algún rollo. Trataba de fingirlo para que Álex viera que podía estar con otros, igual que él ya lo estaba. Lo que sucedió fue que acabó por hacerse realidad. Le gusté a Marc, y aunque él a mí también, era demasiado joven. Era realmente guapo y sexi, pero éramos muy diferentes. Aún así, me dejé llevar y una cosa llevó a la otra. Al final me lo llevé a casa y nos acostamos juntos.

A la mañana siguiente, estaba con Marc sin saber muy bien dónde iba a parar eso. Por otro lado, pensaba en Álex, porque había sido muy dulce y simpático la noche anterior. Me di cuenta que él tenía ganas de que nos viéramos otra vez. Su tono de voz mostraba que le había hecho mucha ilusión encontrarme. Se hubiera quedado más tiempo hablando conmigo si su pareja no hubiera venido con él. Claro que la cuestión era que su pareja sí estaba y eso lo cambiaba todo.

Marc se fue a su casa. Él esperaba algo así como una relación, pero yo no lo veía. Éramos muy distintos y tenía cosas que para mí eran insufribles. La diferencia de edad era importante, pero no era lo único. Solamente quería hacerse valer y jugar a que yo lo persiguiera. No tenía ganas de jugar con niños inseguros y que no se atrevían a decir lo que querían de verdad.

Llegado el mediodía, me di cuenta que tenía un mensaje de WhatsApp. No había mirado mucho el móvil en las últimas horas, no fuera a ser que Marc me escribiera con sus chiquilladas. No quería saber nada de sus historias que no hacían otra cosa más que marearme. Me sorprendió ver que el mensaje no era de Marc, sino de Álex:

—Me gustó encontrarte anoche. Hoy estoy libre porque Carlos está fuera, de viaje. Si te apetece podríamos vernos. ¿Qué me dices?

No sólo era una sorpresa sino que me sentía confundido. Me había propuesto olvidarme de Álex al saber que tenía pareja. Pero ahora él decía que quería verme. ¿Para qué? Si antes no parecía interesado por mí, lo cual después me pareció lógico. ¿Por qué ahora sí quería quedar?

—¿Qué quieres hacer? ¿Dónde podríamos quedar? —le pregunté muy intrigado.

—Sé que es un poco raro que ahora te lo proponga yo, pero podríamos cenar juntos esta noche. ¿Qué me dices?

—Vale, aunque yo no sé dónde podemos ir.

—No importa. ¿Sabes dónde está el restaurante *Mussol*?

—Me suena —contesté irónicamente, mientras recordaba la primera vez que fui allí con Alberto.

—Podíamos quedar allí hacia las nueve y media. ¿Puedes?

—Vale, sí. Me va bien —le respondí sintiéndome animado por el plan.

—De acuerdo. Te espero allí entonces —me contestó seguido de un *emoji* con un guiño. Yo tenía la imagen de Álex sonriendo coquetamente.

En la puerta del *Mussol* me encontré a Álex, que ya estaba allí esperándome. Me impactó su olor a perfume, que no había detectado cuando lo conocí. Era fresco y masculino, y excitaba mis sentidos. Le iba a dar dos besos para ser amigable, pero al acercarme a su cara me di cuenta que él quería darme un beso en los labios. Me dejé llevar y me besó en la boca. Yo también le besé. Fue un beso fugaz, pero me gustó. Me había deleitado tanto que me irritaba. No era el plan dejarme seducir tan pronto. Ni tampoco más tarde, ya que debía ser fuerte, teniendo en cuenta que Álex estaba comprometido.

Con esos pensamientos que me turbaban, entramos al restaurante. Cuando nos sentamos, me propuse no darle más importancia al beso. Al fin y al cabo, sabía que muchos amigos se besan con un beso en la boca y no significa necesariamente nada más. Me negaba lo que era evidente: entre Álex y yo había algo.

Estuvimos cenando entrecot con vino tinto mientras charlábamos. Resultó que me sentía muy a gusto estando con él. Además de hablar de él, en esta ocasión Álex se mostró aún más interesado en saber de mí que las otras veces que habíamos hablado. Eso me gustó mucho y dejé de ser frío con él. Ya no sentía rencor por no haberme contado lo de su pareja. Pero es que teniéndolo allí en frente tan irresistible no podía seguir siendo indiferente. Estaba guapísimo con su cabello rubio y recién arreglado de la peluquería, así como sus ojazos azules mirándome fijamente. Cuando me sonreía, yo me derretía. Me fue imposible resistirme a ser seducido por su flirteo.

Busqué algún motivo para disculpar su falta de sinceridad. Quizá me lo había ocultado porque no quería que me alejara tan pronto me lo hubiera contado. Es posible que le hubiera gustado y no quisiera perderme. No podía culparle, ya que si yo hubiera sabido que tenía pareja, no habría puesto toda mi atención en él. Ni mucho menos le habría pedido su teléfono para seguir con el flirteo. Quizá él sí quería ser mi amigo porque le había caído bien. Con esos pensamientos, sin apenas darme cuenta, había bajado mis defensas. Álex aprovechó para atacar al ver esa oportunidad.

—Erik, ¿tú podrías darme clases de inglés? Me dijiste que eres profesor, ¿verdad?

—Sí, lo soy. ¿Por qué quieres que yo te dé clases?

—Porque tú sabes mucho inglés por lo que vi el día que nos conocimos. Además hablas español y eso me ayuda. Como el otro día que me traducías a inglés lo que te decía en español.

—Sí, ya me acuerdo. Pues podría, claro.

—¿Cuánto me cobrarías? ¿Unos veinte euros la hora?

—Sí, podría ser eso.

—Vale. Me gustaría hacer una clase de conversación una vez por semana. ¿Te parece bien?

Dejamos de hablar cuando el camarero vino con el postre que le habíamos pedido: sorbete de limón para los dos. Siendo de noche, nos pareció que algo ligero y digestivo nos sentaría bien. Una vez que quedamos servidos y nuestro camarero se alejó, yo me dispuse a contestar la pregunta de Álex:

—Sí. ¿Dónde te daría la clase? —le pregunté con curiosidad.

—En mi casa. Ahí podemos estar tranquilos.

—Vale. ¿Vivías por Sants?

—Eso es, por ahí. Muy cerca de la estación de tren y metro.

—Entonces me va perfecto para ir hasta allí. ¿Y qué hacemos ahora?

—Pido la cuenta y nos vamos —dijo Álex. Seguidamente se volteó buscando al camarero para hacerle una señal con la mano para que viniera con la cuenta.

Habían pasado casi dos horas allí dentro. Pagamos la cuenta y salimos del restaurante. Para mi sorpresa, Álex no quería que se terminara todavía la noche. Se empeñó en ir a la playa a tomar una copa en uno de los chiringuitos por la zona de la Vila Olímpica. Estuvimos caminando por el paseo hasta acabar en uno de los chiringuitos con música *chillout*. Escuchando las olas del mar daba la sensación que no había nada más importante que aquel momento. Posiblemente era así. Era muy relajante y mágico estar allí con Álex, pero no quería enamorarme. Sólo podíamos ser amigos, ya que él no estaba libre, desafortunadamente.

Al despedirnos en la estación de metro más cercana, noté que Álex estaba un poco excitado. Parecía que me quería decir algo, pero no se atrevía. Como yo estaba algo cansado siendo ya tarde, no pregunté si le pasaba algo. Simplemente me despedí de Álex dándole un beso tierno en los labios. No me pude resistir y tuve que besarle cuando la brisa marina, de pronto, me trajo el olor impactante de su perfume.

Después de ese segundo beso, acepté que para mí sí significaban algo esos besos. Y no tenía nada que ver con una pura amistad. No podía evitar sentir una pasión descontrolada por él. Entonces comencé a darme cuenta que, por mucho que me lo negara, era una debilidad que no se esfumaría así como así.

EL AMANTE

En el fondo de mi alma, sabía que seguir encontrándome con Álex era un error. Ya me estaba dando cuenta que yo a él le gustaba más que como amigo. Tras haber ido la primera vez a su casa a darle la clase, me había quedado bien claro. ¿Qué pasó? Pues lo que era previsible. Nos sentamos en el sofá y empezamos a hablar de varios temas en inglés durante una hora. Durante ese tiempo todo fue bien y parecía una conversación entre amigos.

Al acabarse la hora de clase, Álex me ofreció una cerveza fresca y él se sirvió otra. Seguimos hablando en inglés durante un rato. Luego Álex empezó a tener alguna dificultad para hablar de lo que quería en inglés y cambió al español. Entonces, yo cambié al español.

Con los efectos de la cerveza y el calor de ese final de mes de Julio, empezamos a hacernos bromas. Y claro, con la tontería, nos cogíamos del brazo, de la mano, de una pierna, de otra, hasta que al final los dos queríamos más. Cuando me di cuenta, nos estábamos besando en el sofá. Entre besos, roces y caricias acabamos teniendo sexo. Hicimos el amor y no paramos hasta llegar al éxtasis. Por unos momentos, nos evadimos completamente del mundo exterior. Volver a la realidad resultó fatigoso después de aquel acto tan intenso como provocador.

Me tenía que ir. No porque fuera tarde y fuera a perder el tren, sino porque el novio de Álex estaba a punto de aparecer por allí. Volvía del trabajo y tenían planeado cenar juntos como de costumbre. Por lo tanto, pensé que yo estaba de más después del sexo. Ese fue el primer momento en que me sentí como el amante. Me había convertido en el juguete sexual, para dar excitación a la vida de Álex. La relación de pareja la tenía con otra persona, con quien sí cenaría y haría planes en común.

Yo era el profesor y amante, y nada más podía ser. Por lo menos, eso me parecía a mí dadas las circunstancias.

—¿Nos vemos la semana que viene? —me preguntó Álex un poco serio.

—Sí, el mismo día a la misma hora. ¿Te va bien?

—Sí. Toma los veinte euros de la clase.

—Gracias —susurré mientras me acercaba para darle un beso en los labios—. Adiós Alex.

—Nos vemos Erik —replicó con un suspiro. Entonces Álex me dio un beso picante, de los que te gustan, pero que notas que no significan amor, sino únicamente deseo.

Seguidamente me tocó el cabello por detrás y entonces me desmoroné. Fue bastante cariñoso el gesto de tocarme el cabello. Considerando que él había sido muy frío conmigo en cuanto a gestos tiernos hasta aquel momento, aquello me parecía significativo. Supongo que teniendo pareja siempre se retuvo y no se soltó. ¿Por qué entonces se dejó llevar? ¿Tal vez empezaba a sentir algo por mí? No lo sabía ciertamente. Pero al hacerme yo esas preguntas, sí empezaba a ser consciente que poco a poco me estaba enganchando a Álex.

Mientras volvía a casa recordaba lo sucedido:

—¡Qué bonito ha sido! —pensaba emocionado—. ¡Sublime!

A pesar de resumirse en sexo carente de promesas de amor, ni quizá del todo romántico, la forma de hacernos el amor había sido tierna, con cariño. Apasionada también, sin duda. Por supuesto, había sido muy estimulante por el hecho evidente de que ambos sabíamos que no estaba bien. Hacer algo «malo» puede resultar muy excitante. Uno siente la culpa y la agitación dentro de uno por el miedo al momento posterior. El riesgo de lo que uno pueda sufrir y perder hace que el sexo sea realmente fogoso. Diría que fue de los mejores momentos de sexo de mi vida. Así que no lo iba a olvidar fácilmente.

Como sentía algo impetuoso por Álex, la satisfacción del sexo no era suficiente. Sus ojos azules mirándome llenos de placer me habían cautivado. Su tacto acariciándome mi cuerpo me había hecho temblar. Él había sido también el amante que siempre deseé en mis sueños, tanto despierto como dormido. Porque había habido mucho ardor en el sexo y Álex besaba increíblemente bien. Era un placer besarnos durante rato y acariciarnos suavemente mientras la pasión se apoderaba de nuestros cuerpos. Como sentía algo muy fuerte, me pareció que tener una relación sexual no iba a satisfacerme. Necesitaba más, sin duda. Con él sí.

—A pesar de todo, ¿acaso no ha merecido la pena? —Reflexioné al llegar a casa.

Aunque después empecé a ver la otra cara de la moneda. Álex no me había prometido nada. Habíamos pasado tiempo juntos cenando, luego en su casa y tuvimos sexo, pero ni una palabra sobre si había algo nuestro. Le gustaba estar conmigo. Eso era evidente. Pero, ¿era suficiente para mí? Lo cierto es que ser el amante y nada más no era mi mayor aspiración. No me había dado cuenta de que estaba entrando en un terreno muy peligroso. Ser el querido de alguien y no ser lo primero probablemente no iba conmigo, por mucho que quisiera hacerme a esa idea. Como divertimento estaba bien, pero su trabajo y su pareja siempre estarían por delante de mis necesidades.

La cruda realidad era demasiado dolorosa. En apenas unos instantes, pasaba de un momento celestial a uno de rabia e impotencia. Porque no podía concebir que nuestra vida en común fuera mayormente secreta. Ya lo estaba siendo. Me latía fuerte el corazón al pensar:

—No podré sentirme feliz porque no será posible compartir con los demás lo que me está ocurriendo. ¿Cómo hacerlo si estoy avergonzado de esta relación?

Conforme más lo pensaba, más claro veía que ese *affaire* no iba a ninguna parte. Lo peor era que si yo seguía siendo «el otro», me acabaría «tirando por un precipicio». Las consecuencias de seguir por ese camino podían ser trágicas. Si ya me sentía tan enamorado de Álex estando en el principio de lo nuestro, no quería imaginarme cómo me sentiría cuando me rompiera el corazón. Vaticinaba que me dejaría finalmente para no poner en peligro la relación con su pareja. Al final, tendría que elegir, y yo no sería su opción prioritaria. Los amantes pocas veces son los que ganan. Evidentemente, tenía todas las de perder, como ocurre casi siempre a los amantes de los casados.

En definitiva, tenía que dejar de ver a Álex. O rompía yo con él antes de que mis sentimientos fueran a más, o sería él quien me dejaría más adelante, abandonándome con un mal de amor terrible. Tenía que hablar con Álex de lo sucedido y ponerle fin a aquello. Eso es lo que debía hacer. No podía ser de otra manera. Aceptar ser su objeto sexual como amante sólo haría que acabara por romperme en pedazos antes o después. No quería ser el objeto con el que otro jugase arriesgadamente hasta que hacerme añicos. Eso lo tenía que evitar a toda costa.

Pocos días después, conseguí suficiente fuerza para llamar a Álex. Había llegado el momento de decirle que lo nuestro no podía seguir. Francamente, nunca hubiera pensado que sería yo quien pondría fin a nuestra historia. Ni siquiera pensaba en un principio que sería capaz. Pero ahí estaba marcando el número de teléfono de Álex con firmeza, sin temblarme el pulso. Era lo correcto y sabía que era lo que me convenía. Si alguna vez tenía que estar con otro chico otra vez, como ya lo estuve con Alberto, sería en exclusividad, no siendo el segundo plato.

—¡Hola Álex! ¿Cómo estás? —le pregunté con tono que mostraba interés por saber realmente su respuesta.

—Muy bien. Acabé de trabajar y ya estoy en casa, bastante cansado. ¿Cómo estás tú?

—Bien, pero quería hablar contigo.

—Vaya, eso suena muy serio. ¿Qué te pasa? —preguntó Álex con un tono de voz preocupado.

—Álex, no podemos seguir con esto. Así nos acabaremos haciendo daño... —le contesté visiblemente emocionado, incluso más de lo que yo mismo había esperado.

—¿A qué te refieres? —me preguntó Álex enojado y sin casi dejarme acabar la frase.

—Pues que lo que ocurrió el otro día en tu casa traspasó los límites. Por supuesto que lo deseaba, porque tengo sentimientos hacia ti, ya lo sabes...

—No podemos cambiar lo que pasó. Para mí fue importante, no fue sexo únicamente. No sé si eso es a lo que te refieres.

—En parte sí. Saber que para ti fue algo más que sexo sólo me hace más difícil esto.

—¿Por qué? ¿No quieres que nos veamos más?

—No es lo que quiero, pero es que no veo otra solución. Creo que pueda tener sentimientos más fuertes por ti si seguimos viéndonos, y tú estás con otro. Tienes pareja y entiendo que tu lugar está con él. Pero yo no quiero ser sólo el amante y vivir una historia en secreto hasta que todo acabe mal, porque...

—Vale, no sigas. Te he entendido. Has estado pensando y has llegado a la conclusión que para mí sólo era sexo y que a ti te utilizaba para divertirme, ¿no es eso? —dijo Álex muy enfadado y levantando algo la voz al final.

—Como nunca me has dicho otra cosa que lo descarte, era una opción. ¿Qué soy si no para ti? ¿Acaso crees que hay futuro para nosotros? Si no has dejado a tu pareja, y no es que te lo sugiera, entonces es que quieres seguir con él.

—Las cosas no son tan sencillas. Llevamos tres años y Carlos ha significado un montón en mi vida hasta ahora pero...

—Pero, ¿qué? —dije interrumpiéndole—. Ya he escuchado lo necesario. Él es muy importante en tu vida y yo soy algo secundario, porque no soy tu pareja. Tal vez sientes algo por mí, como dices, y no haya sido solamente sexo, pero yo necesito más...

—Exiges demasiado y muy pronto... —aseveró Álex visiblemente indignado por lo que acababa de decirle.

—Exijo lo que creo que merezco, Álex. No te echo en cara nada ni te estoy pidiendo que dejes a tu pareja. Tan sólo trato de explicarte por qué lo nuestro no puede continuar. Soy tan culpable de todo lo que ha pasado como tú, y nunca me has prometido nada...

—Porque no estaba en disposición de prometerte nada, pero...

—Exacto. Ese es el problema —dije volviendo a interrumpirle—. No eres tú, sino tu situación sentimental. Tienes un compromiso con otra persona, no eres libre para hacer planes conmigo.

—Lo sé. Pero quizá no hay que ser tan drásticos... Podemos seguir viéndonos y ver qué ocurre... No sé, pero no es todo blanco o negro... —dijo Álex, esta vez con un tono conciliador y calmado.

—Lo que dices no funcionaría. Sólo pensar en esa posibilidad me da pánico, porque es estar viviendo en una incertidumbre que no podré soportar.

—Erik, no seas así. Dame tiempo y... —dijo Álex tratando de evitar la ruptura apelando a mi generosidad.

—Te doy todo el tiempo que necesites, pero no estaré contigo entretanto, ni tampoco prometo esperarte. Voy a seguir con mi vida, a pesar de dolerme lo que estoy haciendo... —dije con la voz a punto de romperse por las ganas de llorar—. Álex, no puedo seguir, o voy a acabar llorando aquí al teléfono. Creo que no tengo más nada que decirte ahora. Espero que todo te vaya bien. Lo siento mucho, siento todo esto... Adiós Álex...

Colgué de pronto la llamada porque estaba a punto de llorar desconsoladamente. Había sido fuerte, pero al final estaba destrozado. Temía que cada vez fuera a más lo que sentía por Álex. Considerando que este tenía pareja, no confiaba en que fuera a salir bien. Probablemente, Álex se cansaría de mí antes o después y me abandonaría. No confiaba en Álex, a pesar de estar enganchado a él. Decidí terminar el romance porque no iba a acabar bien algo donde había una tercera persona implicada. Álex iba a romperme el corazón si seguía adelante con lo nuestro y terminaba escogiendo a Carlos. ¿Qué seguridad podía tener entonces de que fuera a ser diferente?

Álex no me volvió a llamar. Supongo que al ver que iba en serio que quería dejarlo, se quedó conmocionado. Tendría la esperanza al principio de que todo fuera una manera de presionarlo para que me prometiera algo. No obstante, al final creo que comprendió lo que le expliqué y se dio cuenta que había sido sincero. Que no había sido un truco.

Sentía miedo porque no podía concebir mi vida sin Álex. Visualizaba una existencia incompleta carente de su amor. Igual que me había ocurrido cuando tuvo lugar el ataque a Alberto años atrás. La sombra del pasado estaba viva y no era fácil deshacerse de ella. Los temores no eran muy distintos, y pareciera que solamente cambiase el foco de atención. En aquel momento volví a sentirme como entonces, con el mismo pánico de perder el amor y el sentido de vivir.

LA SOMBRA DEL PASADO

Aquella noche no dormí bien. Volví a tener la terrible pesadilla de la «cosa extraña» que me perseguía. Me desperté con ansiedad. También me sentía muy triste. Entonces, me vinieron a la cabeza los recuerdos del día en que Alberto entró en coma y la policía vino a hablar conmigo. Lo que aquel policía me explicó entonces me afectó considerablemente. Aquella conversación vino a mi mente con mucha nitidez:

—Los que atacaron a Alberto son unos chicos muy jóvenes. Algunos de ellos incluso son menores de edad. ¿Nunca habéis tenido un enfrentamiento con jóvenes del barrio? ¿No os habéis peleado con alguno por algún motivo?

—Para nada. Siempre íbamos a lo nuestro y apenas nos relacionábamos con los vecinos del barrio. Tan sólo los saludábamos y teníamos alguna conversación trivial sobre el tiempo y cosas por el estilo.

—Por lo que comentan esos vecinos que fueron testigos del presunto intento de homicidio, el móvil del delito fue el odio. Insultaron a Alberto con palabras y expresiones como: «marica», «maricón de mierda», «tú y los tuyos iréis al puto infierno», «merecéis morir, tú y tu novio marica», etc. En fin, todo eso es lo que han declarado que escucharon los testigos. Y más, aunque más de lo mismo en general.

—¡Qué horror! ¡No sabía que nos odiaran así! Uno sabe que hay personas que no toleran a los homosexuales, pero no crees que te pueda pasar algo así. Y más si no has hecho nada. Alberto y yo éramos bastante discretos y no nos cogíamos de la mano ni nos besábamos por la calle en el barrio. Somos conscientes que algunos se pueden molestar y atacarnos con insultos o de forma más agresiva. Pero precisamente éramos cautos.

—Por lo visto, los jóvenes sabían seguro que sois gais. Cómo estaban tan seguros es algo que no sabemos la policía, porque aún no los hemos detenido a todos y mucho menos se les ha interrogado. Pero lo sabremos pronto. Tan sólo queríamos saber si tú que eres la pareja de Alberto podías aclararnos algo antes. Según tu versión, nunca ocurrió ningún enfrentamiento con ellos ni nada que os hiciera sospechar que pudieran atacaros. ¿Es correcto?

—Sí, lo es. A ver, pensándolo bien recuerdo algunos grupos de jóvenes del barrio que a veces nos miraban mal. Pero no le di mayor importancia. Me pareció que era porque al vernos a Alberto y a mí siempre juntos se imaginarían algo. Probablemente supondrían que éramos pareja. Pero ya digo, que aunque me diera cuenta que era poco de su agrado, nunca hablamos con ellos ni pasó nada.

—Al no haber un enfrentamiento ni discusión previa, así como la utilización del hacha golpeando repetidamente a la víctima, el ataque se considerará grave, hecho con premeditación y alevosía. En Estados Unidos, incluso los menores no salen de la cárcel en toda su vida. Pero en España no tenemos la cadena perpetua. Aquí la justicia es más laxa con los menores.

—Es decir, que todos podrían quedar libres antes o después, ¿no? —dije sacando mis conclusiones.

—Depende en parte de la evolución de Alberto. Cuando un ataque así provoca la muerte de la víctima y se confirma el asesinato, es difícil que los agresores se libren de la cárcel. En el caso de los menores, se les arresta durante tiempo y no será fácil que no estén vigilados de alguna forma por la justicia.

—Pero si Alberto sale de esta, ¿será mucho más difícil? —pregunté preocupado.

—Sí, porque probablemente la defensa justificará el ataque como un enfrentamiento en el que él tenía las de perder. La homofobia que quedará patente gracias a los testigos podría ayudar a condenarlos, pero no por mucho tiempo. Si la víctima no fallece, y esperamos que no, será harto complicado que pasen muchos años entre rejas. Pero falta mucho por ver aún y nunca se sabe hasta que se celebra el juicio. Hay casos que se desarrollan de tal forma que el resultado final es bastante mejor o peor del esperado inicialmente. Bueno, debo irme ya. Le agradecemos su colaboración y por supuesto le deseamos suerte.

—Muchas gracias. Por favor, hagan todo lo posible por obtener todas las pruebas necesarias para que les caigan muchos años en prisión. Lo que han hecho es cruel y despiadado. ¿Y quién dice que no vuelvan a repetirlo?

—Eso es en principio posible. Le recomiendo que usted no vaya solo por la calle y menos en el barrio hasta que todos los agresores estén arrestados. No queremos alarmarle, pero debido a la violencia del ataque y el móvil del mismo, cabe ser precavido.

—Lo haré. Iré con cuidado. Espero que sean detenidos lo antes posible.

—Cuídese. Y lo dicho, mucha suerte con lo de su pareja —me dijo al despedirse el policía, quien algo compungido se dirigió con su compañero hacia el ascensor del edificio.

Posteriormente a aquella charla tan reveladora con el policía, me quedé en la sala de espera del hospital, solo y muy preocupado. Mis temores se agravaron al dilucidar que mi sensación de peligro era muy real. Podían querer agredirme a mí también. Estaba claro que no odiaban a Alberto solamente. Por lo que me había dicho la policía, también sentían odio hacia mí por ser homosexual. Las emociones que sentía no eran fáciles de digerir. Ni el miedo ni la tristeza eran fáciles de asimilar con todo lo que estaba pasando entonces.

La sombra del pasado se presentó aquella noche. No podía asimilar el terror al futuro ni la tristeza por lo ocurrido con Álex. Estaba en una encrucijada de la que no sabía cómo salir. La contradicción entre mi corazón y mi cabeza me condenaba al sufrimiento que suponía vivir con esa disyuntiva terrible. Y es que me resistía a perder a Álex, aunque fuera yo quien lo dejara. Pero él debía entender que yo no podía ser de otra forma. Que yo era todo o nada.

DETERMINACIÓN

Algo se removió dentro de Álex cuando Erik le dijo que lo dejaba. Comprendía sus motivos e incluso sabía que de esa forma se lo ponía más fácil para no tener que romper con su pareja. Sin embargo, eso no era lo que sentía que quería.

—Igualmente, lo mío con Carlos tiene fecha de caducidad. No tiene futuro y sólo es cuestión de tiempo que se acabe. Por lo tanto, ¿qué sentido tiene que sacrifique el posible futuro que tengo con Erik? —Pensaba mientras se acurrucaba en su cama.

Le turbaba darse cuenta que estaba perdiendo a Erik. De pronto, advirtió cuánto le aterrorizaba la idea de perder la posibilidad de una historia de amor con futuro.

—¿Cuántas veces en la vida se conoce alguien con quien hay tan buena conexión? —Pensó entonces atemorizado por estar cometiendo un error, al dejar ir a Erik por no enfrentarse a Carlos.

Recordaba que algo parecido le había ocurrido al conocer a Carlos. Ese chico lo tenía loco, ya que era muy seductor y atento con él. Siendo muy diferentes acabaron por encajar increíblemente bien. Había vivido tan buenos momentos junto a Carlos que le daba un poco de nostalgia recordarlos. Sobre todo porque ya no era lo mismo.

La magia se fue desvaneciendo con la rutina. ¿Tal vez encontraron un encaje tan cómodo que eliminaron la pasión? Lo quería, eso no tenía por qué cambiar, pero como un amigo, un buen amigo o un hermano. Había muy buena sintonía pero no lo deseaba en el sentido sexual. Hacerlo con Carlos se había convertido en una actividad desprovista de aliciente. Era más para desahogarse de sus necesidades sexuales y tensiones que por una atracción fuerte hacia su pareja.

En fin, que veía claro que tenía que elegir. Erik le había dicho de forma contundente que no se sentía bien siendo el otro, y que tenía sentimientos fuertes hacia él. Como Álex le correspondía y ya no había nada especial con su pareja, sólo había una salida para tal encrucijada: dejar a Carlos. Pero no era fácil, porque sabía que su actual pareja seguía enamorado de él. No quería herir sus sentimientos. Aunque Carlos era suficientemente adulto y sensato para entender lo que él le diría, en el fondo iba a sufrir. No quería hacerle eso. Pero, ¿qué hacer si no?

A la larga, sería peor si seguía engañando a Carlos. Porque no ser sincero con él confesándole que ya no sentía lo mismo que al principio sería una traición. Ya le había engañado al acostarse con Erik y comenzar algo con éste. Tenía que poner fin al engaño. Ese secreto era dañino para todos. Ya estaba hiriendo a Erik por su indecisión.

Tenía que dejar a Carlos lo antes posible. Lo acabaría superando, y quizá le perdonara algún día. Porque aunque lo iba a entender, Carlos no querría saber de él después de contarle algo así. Cuando supiera que había otro, cortaría cualquier comunicación con él. Carlos era bastante radical en sus decisiones importantes. Conociéndole como le conocía, lo más probable sería que, por lo menos durante un tiempo, no quisiera saber nada de él. Tenía que asumirlo y seguir adelante, y tener algún contacto con él lo haría muy difícil. Eso lo entendía. Aun así, le causaba desasosiego pensar que ya no iba a ver ni hablar más con quien había sido su mejor amigo.

Por lo tanto, aquella misma noche, Álex se preparó para reunir fuerzas y hablar con Carlos. Cuando éste llegó a casa, él lo estaba esperando en el sofá. Como de costumbre, Carlos se acercó a él y le dio un suave beso en los labios. A continuación se sentó a su lado.

—¿Qué pasa Álex? ¿Por qué estás aquí sentado tan serio?

—A ti nunca se te escapa nada. Es algo que me ha gustado siempre de ti —contestó Álex con un suspiro.

—Ya sabes que te conozco bien. Por tu tono de voz me está dando la sensación de que es algo realmente serio... ¿Qué es? Me estás preocupando...

—Imagínate que hay un vaso lleno de agua. Pasado un tiempo ese vaso se ha ido vaciando y ahora está prácticamente vacío.

—¿Cómo? ¿Qué estás tratando de decir?

—Carlos, tú sabes que te quiero, pero las cosas entre nosotros han cambiado...

—Álex, ¿estás haciendo lo que pienso que estás haciendo?

Hubo un silencio durante alrededor de medio minuto en el que Álex y Carlos intercambiaron miradas.

—¿Estás seguro?

—Sí, creo que necesito espacio, tiempo, y ver qué hacer.

—¿Hay otra persona Álex? —preguntó entonces Carlos, intrigado por saber la respuesta.

—Sí, pero no es lo que piensas —contestó Álex con un tono de voz sereno y serio.

—No sabes lo que yo pienso. Pero ahora lo entiendo todo mejor —dijo Carlos tapándose la cara con las manos durante unos segundos.

—Hace tiempo que las cosas dejaron de ir como al principio. No es cuestión de que haya otra persona.

—Las relaciones evolucionan. No siempre son igual que al principio. Está claro que has conocido a alguien y por eso me estás diciendo todo esto. Ahora que si estás confundido no creas que yo te voy a esperar. Si no sale bien lo de ese chico, a mí no vengas después diciéndome que te equivocaste. Ya somos mayorcitos para esas pendejadas.

—Lo siento Carlos. Me gustaría que no nos dejemos de hablar y mantengamos el contacto. Yo quiero seguir aquí para lo que necesites. No tiene porqué ser un drama.

—Para ti es muy fácil decir eso. Pero no, si tú sigues adelante con esto, no me llames. No trates de buscarme ni nada que se le parezca. Olvídate de mí porque yo haré eso mismo. Me va a costar mucho… ahora que tú te lo pierdes.

—Sabía que reaccionarías así. Que no ibas a pedirme que lo reconsiderase ni que me olvidara de ese chico. Tú me amenazarías con lo que más me iba a doler, que es desaparecer de mi vida.

—Así soy yo, o me tomas o me dejas. En fin, no te preocupes. Mañana vendré a por mis cosas cuando tú no estés en casa. Te voy a dejar vía libre con tu amante —dijo Carlos sarcásticamente.

—Carlos, para mí lo nuestro ha sido importante. No creas que no.

—Pero se acabó, ¿no es eso? Como se ha acabado, se ha acabado. No hay que darle más vueltas. Que te vaya muy bien, pero ya te digo que a mí no me busques. Que sepas que me voy. No pienso pasar ni un minuto más aquí…

—¿Dónde vas a dormir esta noche? Es muy tarde ahora… No hace falta que te vayas tan precipitadamente… —Y fue entonces cuando Álex se sintió mal al ver que efectivamente estaba abandonando a una persona que, a pesar de todo, aún quería.

—No te tienes que preocupar ya por mí. Me voy a casa de un amigo, pero no te tengo que dar explicaciones… —dijo Carlos enfadado.

Carlos cogió su bolsa de mano. Entró en el dormitorio y, al cabo de unos pocos minutos, salió cargado con una pequeña maleta.

—Adiós Álex —dijo Carlos con una voz triste y seria.

Álex se quedó sentado en el sofá. No supo qué responder a la tensa y triste despedida de Carlos. Sentía una pena en su interior que también era culpa. Se sentía culpable por romper la relación y herir a alguien tan sensible como Carlos. Definitivamente lo había perdido. Pese a que ya no estaba enamorado de él, lo seguía queriendo mucho.

Por ese motivo, Álex estaba en estado de shock al no poder asimilar que Carlos no quisiera saber de él nunca más. Porque Carlos había sido su familia hasta aquel momento.

—¡Hemos compartido tantas cosas! —Pensó mientras se le caían unas lágrimas.

Sentía una terrible melancolía al comenzar el duelo por la vida que estaba dejando atrás. Por otro lado, sentía esperanza por la nueva vida que daba comienzo. Era ya libre para estar con Erik y empezar algo juntos en Barcelona. ¿Acaso no era eso lo que más deseaba?

EL NIÑO DEL «ARMARIO»

Como muchos otros que nacimos en los años sesenta y setenta, yo caminé por la vida con mi niño interior asustado. Tan sólo por ser quién era en realidad. Por tener otra orientación sexual. Encogido por ser diferente, esa parte auténtica creció dentro de un «armario». Poco a poco, aprendí a aceptar el hecho de ser homosexual. Y sin embargo, es difícil deshacerse completamente del miedo. Una parte de mí siempre se siente diferente, perteneciente a una minoría. Uno necesita integrarse en una sociedad que no siempre es tolerante y justa con los que son diferentes. La infancia nos marca mucho, y yo reconozco que llevo dentro a mi niño interior. Es el niño del «armario».

Oculto dentro del «armario», aparentaba ser el chico heterosexual que pensaba que los demás querían ver. De este modo, conseguí evitar agresiones homófobas. Directamente nadie me atacó por mi orientación sexual. Me dediqué a ocultarlo cuando era niño, adolescente e incluso siendo adulto. Era como si estuviera interpretando un papel continuamente.

Pienso que interpreté mi papel lo mejor que pude. A veces me costó seguirlo completamente. Habían cosas que delataban que no estaba totalmente integrado con los demás chicos heterosexuales: No me apasionaba el fútbol, era tímido, físicamente delgado, no hablaba de chicas siendo adolescente, etc. Creo que mi introversión sirvió para justificar que fuera diferente.

Ser un chico tímido me sirvió para no tener que demostrar cómo era realmente. Así contuve lo que pensaba y mi forma de comportarme. Nadie tenía que sentirse incómodo con mi presencia. Creo que lo conseguí, a costa de volverme invisible en la mayoría de ocasiones. Nunca es el chico tímido el que recibe la mayor atención, sino el extrovertido. Yo no quería la atención, sino que la temía. En mi mente tenía una idea horrible. Temía el momento que los demás me conociesen verdaderamente y advirtieran que era diferente. El niño del «armario» no les gustaría.

Así, crecí temiendo al mundo. En la oscuridad del «armario», el mundo se veía como una amenaza. No me sentía querido por los demás, sino al contrario. Siempre estaba presente el miedo a que descubrieran cómo era realmente y les repugnara. No conseguía relacionarme íntimamente con los demás. El pánico a que supieran más de mí y descubrieran algo diferente a lo que yo intentaba aparentar me impedía relacionarme normalmente.

Me costó sentirme integrado. Nunca lo conseguí siendo niño o adolescente. No había un lugar donde pudiera ser yo realmente. O por lo menos yo no sabía cómo encontrar o crear ese lugar. Y tampoco conocía a otros chicos gais como yo con los que pudiera hablar. Era muy duro no poder hablar con nadie de lo que sentía. Al no conocer a otros chicos abiertamente gais, porque como yo, estaban escondidos en el «armario», me sentía muy solo. El niño del «armario» siempre fue un ser solitario, falto de amor.

Afortunadamente, a principios del siglo veintiuno, la homosexualidad está más tolerada en la sociedad. Por lo menos, en los países desarrollados de Occidente. En Barcelona, la homosexualidad es más visible que en otras ciudades. Efectivamente, es una de las ciudades más *gayfriendly* del mundo. Los gais han logrado la aprobación de leyes que otorgan derechos que antes no tenía, así como leyes que luchan contra la discriminación por orientación sexual en varios ámbitos. Aún hay gran cantidad de cosas por hacer, pero se ha avanzado significativamente.

Si bien la necesidad de integración y aceptación es general, tanto en homosexuales como en heterosexuales, los primeros tienen muchas más dificultades para cubrirlas. Incluso en la actualidad, los homosexuales son parte de una minoría en la sociedad, lo que ya de por sí complica la tarea. Pero además, una minoría perseguida que ha sufrido el estigma de la sociedad durante mucho tiempo, tiene difícil integrarse. No ocurre de la noche a la mañana. La normalización tarda tiempo hasta que se acepta realmente la presencia de la diversidad.

De hecho, aún hoy en día existe en parte la discriminación, y en muchos países la situación sigue siendo muy difícil. El colectivo gay no lo ha tenido fácil para satisfacer ninguna de las dos mencionadas necesidades sociales.

Incluso dentro del mismo colectivo muchos no se sienten integrados. Algunas veces uno sale por un lugar de ambiente y tiene pensamientos como estos:

—¿Yo soy como ellos?
—No me siento identificado.
—Yo no pertenezco a este sitio.

Hay que considerar también que el físico excluye. Dependiendo del atractivo físico, un gay podrá tener más facilidad de sentirse integrado y aceptado en los locales y ambiente gais. Es esta superficialidad parte de la cultura gay, y no se puede negar. Tal vez pueda cambiarse algo o mucho, pero está presente y de manera muy poderosa. Más de una vez me había sentido inseguro por no ser suficientemente guapo o atractivo. Me consideraba un hombre normal, esbelto, con el pelo corto, de color castaño, ojos verdes, con algo de barbita arreglada y recortada. No me veía mal, pero en el competitivo mundo gay era difícil destacar, y siempre podía aparecer alguien más guapo, más joven, con mejor físico, etc. Quizá mi mirada y el color de mis ojos era lo que más seducía, junto con mi barba de algunos días que algunos decían que me hacía más interesante.

Es probable que en el ambiente gay predominen los comportamientos infantiles. Lo importante en esos lugares es jugar y pasarlo bien. No está hecho para descubrir a las personas como seres humanos. Más bien se trata de una fiesta que tiene lugar cada semana, en la cual los homosexuales acuden excitados para bailar, beber, drogarse, coquetear, etc. Y quizá también divertirse con alguien en la cama. O no necesariamente en la cama, sino en la misma discoteca, lavabos de bares, etc. Nada tiene de malo divertirse. Pero cuando la tónica de cada semana es la misma y no existen lugares alternativos donde las personas puedan conocerse naturalmente, el resultado es insano.

Abundan los gais que son como niños, tan inmaduros que sólo viven para la fiesta. Muchos necesitan beber o drogarse para divertirse. Y es que pesa mucho no haber tenido la oportunidad de crecer en un ambiente en el que poder ser nosotros mismos y actuar libre y despreocupadamente. Tal vez por eso acudamos a los sitios de ambiente como esos niños y adolescentes que necesitan disfrutar sin más. Así que nos puede costar madurar porque antes tenemos que vivir la etapa que en su momento muchos no pudimos. Es la etapa de ligar y hacer las cosas de adolescentes.

Mientras que muchos chicos heterosexuales disfrutaron de su adolescencia bebiendo, saliendo por lugares hechos para ellos (destinados al público heterosexual), tonteando con chicas, e incluso teniendo algún lío o parejita, los gais no lo tuvimos tan fácil. En primer lugar, muchos tardan en aceptar su homosexualidad y están en medio de esa lucha durante la adolescencia. En segundo lugar, aunque esa homosexualidad se aceptase más o menos, había un componente externo a considerar. Durante mucho tiempo había miedo a que los demás lo descubrieran por las posibles represalias. Por ello, se trataba de ocultar con lo que eso conllevaba. Y en tercer lugar, dentro de la clandestinidad era difícil conocer a otros como tú, y eso llevaba al aislamiento y la soledad. En definitiva, había pocas posibilidades para la diversión libre y desenfadada para los gais.

Conforme las sociedades se han vuelto más tolerantes y los gais hemos logrado más derechos, se han ido abriendo bares y otros lugares de ambiente gay. Estos permitieron a algunos ya no adolescentes poder vivir lo que sus amigos de instituto habían hecho unos años antes. Y eso no era más que ligar con chicos, estar en un lugar con otras personas como tú, divertirse bailando con música destinada al público gay, desinhibirse sin miedo a que otros se molestaran por ver la pluma, etc.

Una de las mayores dificultades a las que se enfrenta un chico gay es la de hacer amistades verdaderas. Es fácil conocer a otros chicos y socializar, pero es complicado intimar. Hay dificultad para entablar relaciones de confianza entre homosexuales. Quizá porque los gais apenas pudimos confiar en los demás en el pasado. Pero además, lograr un amigo gay es también complicado por el tema del sexo. Se interpone frecuentemente porque siempre necesitamos la atracción física para relacionarnos con otros hombres. El físico de un chico es importante para los gais generalmente. El problema es escoger de amigo a alguien que nos gusta algo físicamente, porque lleva probablemente a algún malentendido o confusión de sentimientos entre amistad u otra cosa.

En ese escenario complicado de relaciones entre gais, me sentía desarraigado en muchas ocasiones cuando iba a bares u otros locales de ambiente. Aquel día que decidí ir al bar *Moemm* no me sentía muy diferente. Entraba en un lugar al que me daba la sensación que no pertenecía y que me resultaba muy frío. Iba al bar para intentar pasármelo bien y socializar. Pensaba que quizá, cuando vinieran los chicos que me dijeron que se presentarían en el bar ese día, esas sensaciones podrían cambiar y sentirme algo más cómodo:

—Espero que vengan al final. Si no, me voy a sentir bastante solo. Aquí no conozco a casi nadie.

Además, no quería que la soledad me hiciera pensar más en Álex. Pensé que salir me iría bien. Como los chicos del *Meetup* me habían comentado que vendrían, pues no tendría que encontrarme solo allí. Hablar con otra gente me evitaría estar tan centrado en lo que había hablado con Álex.

Fue al cabo de unos quince minutos de estar en el bar que vi a aquel chico que me habían presentado en el *Versailles*. Por entonces, aquel encuentro había dado pie a una charla bastante interesante. Fue en parte porque me gustó desde que lo vi. Se veía un chico muy guapo, moreno y con unos ojos azules preciosos. Vestía una camiseta corta de color rojo y unos tejanos negros. Era algo musculado, por lo que la camiseta se le ajustaba de forma que asomaban algunos músculos de los brazos.

Lo mejor de todo fue que, al margen de su innegable atractivo físico, noté que era bastante abierto mientras conversaba con él. Me contó cosas íntimas, lo que hizo sentirlo cercano. Me pareció un chico realmente agradable con quien sentirme a gusto. Era algo diferente a otros chicos, o eso me pareció entonces.

Decidí acercarme a este nuevo amigo y le saludé agarrándolo de un hombro:

—Hola. ¿Cómo estás?
—¡Hola! ¿Qué tal? ¿Cómo te llamabas? —me preguntó él contento y algo sorprendido.
—Jajaja. Soy Erik. ¿Y tú, cómo te llamas? También lo olvidé… —le contesté esperando saber su nombre.
—Mario. Nos conocimos en el bar *Versailles*, ¿no?
—Sí, y hablamos bastante —le dije recordando brevemente algo de lo que habíamos estado charlando entonces.
—Ya me acuerdo. ¿Qué tal todo?
—Bien, no me puedo quejar. Hay cosas que podrían ir mejor, pero en general estoy bien.

—Has venido solo, ¿no? Te he visto antes y en todo el tiempo no te he encontrado hablando con nadie. Me ha parecido que vas un poco por libre...

—Sí, he venido solo. Sabía que hoy venían conocidos aquí y que posiblemente los encontraría, pero de momento no he visto a nadie. Bueno, ahora te he visto a ti. Jajaja... En realidad soy muy independiente.

—Yo no podría hacerlo. Quiero decir que no me atrevería a venir solo.

—Después de vivir tiempo fuera y estar acostumbrado a no conocer gente, uno tiene menos dificultad. Igualmente no es fácil. Cuando me separé de mi novio perdí muchas amistades. He tenido que comenzar de nuevo. Gran parte del tiempo he vivido fuera. De hecho, desde que volví hace un año a Barcelona, me he sentido algo solo. Estoy intentando hacer amigos.

—No tendrás ningún problema. Te ves un chico muy abierto. Además, yo vengo por este bar todos los jueves, así que me puedes ver si vienes.

—Genial. Ahora que tengo más tiempo puedo venir más a menudo por aquí, así que es posible. ¿Por qué no vienes otra vez al *Meetup* del *Versailles*?

—¿Era los miércoles cuando se hace?

—Sí. Es todos los miércoles. Está muy bien. Yo voy más frecuentemente allí que no a este bar. Justamente allí conocí a los chicos que te digo que podrían venir por aquí luego.

—Vale, al próximo *Meetup* del *Versailles* iré. Ahora me tengo que ir ya para casa porque mañana trabajo y tengo que madrugar. Así que ya nos veremos.

—Claro. Nos vemos —le dije para despedirme, sintiéndome en aquel instante alegre y con ganas de que llegara el miércoles siguiente para volver a verlo.

Al despedirnos, Mario me abrazó. Ese gesto tan cariñoso me conmovió, porque me había dado algo de afecto cuando yo estaba carente de eso. Me hizo sentir apreciado y me quedé en el bar con una actitud más alegre y positiva. Tal vez podría hacer amigos por esos bares de ambiente, después de todo. Más personas como Mario debían existir, aunque fueran pocas. Si lograba conectar con algunos, podría sentirme menos solo. Y es que en algunos momentos me sentía muy solo.

De pronto, me sorprendió ver saliendo del bar a Mario con Carlos, a quien no había visto hasta ese momento. Parecía que eran buenos amigos porque estaban hablando animadamente. Vi como Carlos me miró de reojo, mientras cogía del hombro a Mario. Enseguida me di cuenta que estaban hablando de mí porque, tras la mirada furtiva de Carlos, la cabeza de Mario se volvió hacia donde yo estaba. Mario se me quedó mirando seriamente durante unos segundos, como si estuviera reflexionando dentro de su cabeza. En aquel momento, no sospechaba nada de la ruptura de Álex y Carlos la noche anterior.

Me quedé un rato más en el bar. Pasados unos veinte minutos aproximadamente, decidí irme de allí. Aunque no me había encontrado con los chicos del *Versailles* que se suponía que iban a ir al bar, no me iba desilusionado. Al contrario, el encuentro con Mario me había ayudado a sentirme más optimista. Me di cuenta que necesitaba la amistad como una parte importante en mi vida. Entretanto iba en el tren de vuelta a casa, tuve tiempo para una larga reflexión sobre mi vida y la amistad:

—Me he pasado gran parte de mi vida concentrado en los estudios, el trabajo, los chicos o la pareja. Creo que poco me he preocupado por hacer amigos. En algún momento sí que lo he pensado y deseado, pero casi siempre tenía otras prioridades. Ahora me doy cuenta que cometí un error. Me siento solo porque no he cultivado suficientemente mis amistades. No me he dedicado con tanto fervor a hacer nuevos amigos como a mi carrera profesional o mi búsqueda de pareja. Como resultado he logrado tener éxito en mi vida profesional, y también conocer muchos chicos, ya sea sexualmente o como potenciales novios. Finalmente me entregué sobradamente a mi anterior pareja, Alberto, y estuve muy comprometido. El problema es que nunca he encontrado tiempo e interés constante en forjar amistades. Por supuesto que he invertido algo de tiempo y esfuerzo en los amigos, pero evidentemente no suficiente. Desde luego, escaso si lo comparo con el esfuerzo en realizarme en el trabajo y en una relación romántica. Eso tiene que cambiar, porque no puedo permitir otra vez desconectar del mundo mediante el trabajo y la pareja, sin que apenas tenga lazos fuertes de amistad con otras personas. Ahora que no estoy en ninguna relación de pareja es el mejor momento para invertir tiempo y esfuerzo en forjar nuevas amistades. Con un poco de constancia y perseverancia, espero que pueda mejorar también esa área de mi vida. Nunca es tarde para el cambio.

CAMBIOS

Álex había tenido un día agotador en el trabajo. Por si fuera poco, no había dormido bien la noche anterior. Después de la ruptura con Carlos, se sentía ansioso. Pensaba que estaría más tranquilo tras hablar con él, pero no fue así. Además, hacía tiempo que no estaba en la cama solo y le costó conciliar el sueño. Sentía el dolor de la ausencia de Carlos por primera vez. Era como si una parte de él se hubiera escapado y no supiera cómo hacer para que volviera. Y con esas sensaciones había seguido prácticamente todo el día.

Llamó por teléfono a Erik alrededor de las nueve de la noche. Era el momento que tanto había estado esperando. ¿No era así? Por fin eran libres para estar juntos. Seguramente Erik no vería ya ningún obstáculo para estar juntos y desearía dar una nueva oportunidad a esa historia. ¿O se equivocaba? Sonaron cuatro tonos de llamada cuando Erik le contestó:

—¡Hola! ¿Qué tal?

—Bien. En realidad algo cansado y nervioso.

—¿Y eso por qué?

—Han pasado cosas. Tengo que contarte algo.

—Pues dime. Por cierto, esta tarde vi a Carlos.

—¿En serio? ¿Dónde? —preguntó Álex sorprendido.

—En un bar, el *Moemm*. Estaba hablando con un amigo y me dio la impresión que me miraba de forma despectiva. Incluso por un momento creí que estaban hablando de mí.

—Puede ser.

—¿Qué quieres decir? ¿Por qué Carlos iba a hablar de mí? —preguntó Erik sorprendido.

—Anoche le conté lo nuestro. Se fue de casa enseguida. Ni siquiera me ha contestado los mensajes que le he enviado hoy. La verdad es que reaccionó mal, como cabía esperar.

—Pues así ahora confirmo lo que me pareció. Por eso me miró de aquella manera. De todas formas, yo no te pedí que dejaras a Carlos. Él debe pensar que sí lo hice...

—No sé lo que debe pensar. Probablemente sí crea eso, aunque yo quise dejar claro que el motivo de dejarlo era otro.

—¿No habías dicho que entendía por qué querías dejarlo? ¿Acaso no le explicaste que ya no sentías lo mismo por él? —preguntó Erik mientras se encogía de hombros.

— Sí, claro, le conté todo eso. Pero él no me creyó. Insistió en que todo lo que tenía en mi cabeza era porque había conocido a alguien. Que me estaba equivocando y cuando me diera cuenta del error sería demasiado tarde. Él no me iba a estar esperando mucho tiempo. Eso me dijo él.

—Entonces no comprendió lo que tú le querías decir. Nada en absoluto. ¿No es así? Tal vez no te vio muy seguro de tu decisión... —dijo Erik visiblemente decepcionado.

—Normalmente Carlos es bastante razonable. Esperaba que comprendiera lo que le intenté explicar, pero no quiso hacerme caso. Se obcecó con su idea de que era un grave error romper con él y que me arrepentiría. Según él, si me daba cuenta tarde de mi error, lo perdería para siempre.

—No sé por qué me cuentas todo eso... Le tenías que haber dejado claro que sentías algo por mí. Que no era un capricho. ¿O sí lo es? —Erik empezaba a sentirse molesto porque le invadió la duda de si Álex estaba seguro de lo que quería.

—Te lo cuento porque estamos hablando y... En fin, traté de explicarle. Claro que siento algo por ti. Si no, ¿cómo hubiera tomado esta decisión ahora? He dejado una relación de tres años por estar contigo. ¿No te parece suficiente?

—Sí. Eso es cierto. Perdona, es que no lo esperaba. Nunca pensé que lo dejarías por mí. Creí que yo era un simple capricho. Que te cansarías de mí, para luego volver con él. —Erik sintió un alivio de pronto y suspiró relajado.

—Me gustaría que nos viéramos mañana. Tengo algo de tiempo libre al mediodía, así que podríamos encontrarnos para comer juntos. ¿Te va bien a ti? —preguntó Álex con una sonrisa.

—Mañana puedo, pero sólo un rato. Tengo trabajo que hacer a primera hora de la tarde. Pero, por supuesto, estoy deseando que nos veamos.

—Estupendo. Entonces nos vemos en Plaza Universidad, ¿vale?

—Sí, ¿hacia la una o así?

—Mejor a la una y media —contestó Álex con voz risueña.

—Ok. Como mucho podré estar hasta las tres y media de la tarde.

—Ok. Igualmente yo tengo que estar en mi trabajo a las cuatro y media. Bueno, voy a darme una ducha y cenar algo. Me acostaré pronto, pero te enviaré un mensaje antes de dormirme.

—Genial. Un beso —contestó Erik con voz cariñosa.

—Otro. Hasta luego —respondió Álex complacido.

La vida parecía sonreír a Erik en lo sentimental, por fin. Además, recibió una buena noticia de su abogado ese mismo día. Finalmente, la jueza había dictado sentencia sobre la *demanda de cantidad*. ¡Y la sentencia de la jueza había sido totalmente favorable! El abogado contó a Erik que sólo era cuestión de esperar unas pocas semanas a que llegara el documento para poder cobrar. No cabía duda que, a nivel económico, iba a mejorar su situación también. Había costado mucho esfuerzo lograrlo, pero llegó la hora de recoger los frutos de lo sembrado. Satisfecho por la noticia, Erik sintió que podía pasar página y dejar ya atrás el pasado. Estaba eufórico porque su vida marchaba estupendamente. Confiaba en que todo se pusiera en su sitio y así construir una vida junto a Álex.

CONFIANZA

En el momento en que Álex colgó el teléfono, sentí una extraña sensación. Me había convertido de la noche a la mañana en su novio. Sentía como si estuviera en un sueño. Me sentía feliz porque deseaba estar con Álex y parecía que él me correspondía verdaderamente. Ya no era cosa mía, sino que hasta había dejado a Carlos por mí. Algo muy fuerte tenía que sentir, porque si no, no se explicaba que hiciera algo tan trascendental.

¿Quizá Álex era más que una pasión? ¿Y si podía ser un amor auténtico y consolidarse como pareja? Aun siendo muy diferentes, era posible que pudiéramos ser compatibles en una relación. ¿O estaba suponiendo en exceso? Porque una cosa era desear estar con él y otra que de verdad encajáramos o pudiéramos encajar algún día. Por lo menos, la cita del día siguiente podía ser un buen inicio.

—Después ya se verá. —Pensé esperanzado antes de dormirme poco después.

A media mañana, Álex me envió un mensaje para anular la cita. Eso quebró la recién renovada confianza que había depositado en él la noche anterior. No sólo me molestó que cancelara nuestra primera cita siendo ambos libres, sino que me incomodó recibir únicamente un mensaje, en lugar de una llamada. Un mensaje que decía:

—Erik, no sabes cuánto lo siento pero no voy a poder comer contigo hoy. Carlos se dejó las llaves de casa cuando se fue enfadado y necesita que le abra la puerta de casa al mediodía, que es cuando ambos tenemos disponibilidad. Tenía muchas ganas de que nos viéramos. Hablamos a la noche. Un beso.

No es que creyera que fuera una excusa para no quedar. No era tan desconfiado para pensar eso a esas alturas. Pero el mensaje me pareció una señal. Era como si Carlos todavía fuera la prioridad en su vida, como antes. No podíamos vernos ese día por él. Algo no iba bien, y Álex ni siquiera me había llamado para explicarme qué sucedía. Un mensaje era demasiado frío.

Las dudas mermaron mi confianza en Álex. ¿Cómo podía confiar en alguien que me fallaba siempre? Se iba a ver con Carlos, en tanto que a mí no me veía desde hacía bastante más tiempo. ¿Qué significaba eso? Evidentemente, sabía que estaba celoso por ese encuentro a solas entre Álex y Carlos. No me parecía bien que eso fuera a suceder. Había entendido que ya no se iban a ver, y tan sólo habían estado un día sin verse. De nuevo iban a estar juntos, mientras que yo tendría que esperar a la noche para hablar con Álex por teléfono. Solamente podría oír su voz. En cambio, Carlos lo tendría todo para él.

Menos mal que esa tarde a última hora tenía el *Meetup* de los miércoles y me iba a encontrar con amigos en el *Versailles*. Allí podría desconectar de esos pensamientos por unas horas. Porque estaba muy perturbado por el mensaje de Álex. Ya al llegar a casa a la noche hablaría con él y vería en qué punto estábamos.

Por la tarde, al entrar al bar ya me empecé a sentir mejor. La música de fondo y los saludos a caras conocidas del *Versailles* ayudaron a cambiar mi estado de ánimo. Más aún cuando me encontré con Mario. Al final había venido al *Meetup* y yo estaba muy contento de verlo. Me sorprendió gratamente que, al saludarlo, él me diera un caluroso abrazo. Me sentía tranquilo a su lado porque me transmitía cordialidad, confianza y honestidad. Y afecto, que no era poco. También lo veía guapete e interesante, aunque en ese momento yo no podía pensar en él como algo diferente a un amigo. Al fin y al cabo, estaba Álex. O eso creía hasta aquel momento, aunque no estaba seguro.

—¡Hola Erik! —me dijo Mario con una exclamación de alegría.

—¡Hola! Te has acordado. Mario, ¿verdad?

—Sí. He hablado ya en inglés con algunos chicos. Siento como que hoy tengo más confianza.

—Me alegro. A mí me ha ayudado mucho venir aquí. Tanto para practicar mi inglés como para conocer gente. Es un grupo que me ha permitido estar menos ensimismado en mí mismo y relacionarme más con los demás.

—Pues me alegro por ti también.

Nos reímos a la vez durante unos segundos. Cuando se unieron otros chicos, empezamos a hablar inglés y dejamos de hablar entre los dos. Pero al final Mario se acercó a mí de nuevo cuando se iba del bar:

—Mañana madrugo, pero voy a venir más veces a este *Meetup*. Ven mañana al *Moeem* y nos vemos. No tienes por qué estar solo si vas allí. Podemos ir a cenar después también.

—Pues igual voy entonces —dije aún no muy convencido. Como tenía que hablar con Álex esa noche, no me sentía capaz de tomar decisiones respecto al día después.

—¡Genial! —exclamó Mario entusiasmado, como si no se hubiera percatado de mi tono inseguro. Posiblemente el ambiente y la música taparon algo los matices de mi voz algo apagada.

Estaba tan absorto pensando en la conversación pendiente con Álex, que no pude corresponder el entusiasmo de Mario por vernos al día siguiente. Tener un amigo como él era una oportunidad, por lo que pensé que quizá no debería rechazar su invitación y asistir al *Moeem*. Al fin y al cabo, Mario había aceptado la mía y había venido al *Versailles*. La reciprocidad debe ser una parte de la amistad, ¿no es así? Mario podía ser una parte sana de mi vida, que no estuviera tan enfangada en desconfianza, celos y angustia como la relación con Álex. Si es que los romances y las pasiones parece que no puedan ser de otra manera. En cambio, la amistad, eso puede ser diferente.

En todo caso, sería al día siguiente cuando tomaría la decisión. En ese momento debía salir del bar e irme a casa. Luego hablaría con Álex, que era lo que más me preocupaba entonces. Llegaba la hora de la verdad, para salir de dudas sobre lo que estaba pasando con Álex y Carlos. Así, podría averiguar si lo nuestro iba por buen camino. Pensaba que Carlos era realmente atractivo, y que una vez Álex lo dejó, se podría haber dado cuenta que le gustaba más que yo. Al fin y al cabo, no era tan joven ni físicamente tan exuberante como él. Álex podía tener al chico que quisiera, así que no podía dejar de preguntarme por qué me elegiría a mí.

EL ESCRITOR

Era angustioso darme cuenta que la pasión por Álex me estaba superando. Porque si bien era cierto que lo deseaba, no confiaba en él. Eso me creaba malestar y desasosiego. Álex había mentido a Carlos y lo había dejado. Aunque entendía que no intentara arreglarlo, sentía que eso me podía pasar a mí también con él en el futuro. ¿Cómo podía entregarme a alguien que no luchara por arreglar las cosas? Simplemente se alejaba con otro y abandonaba a quien había sido su pareja. Incluso siendo cierto que Álex sintiera algo por mí, no estaba seguro que lo nuestro pudiera salir bien al final.

Teniendo la oportunidad de concentrarme en otra cosa que no fuera esa complicada historia romántica con Álex, decidí poner la atención en mi meta más importante: Ser Escritor. Afortunadamente mi sueño de convertirme en un escritor cada vez más conocido y valorado se estaba haciendo poco a poco realidad. A medida que pasaba el tiempo, más personas leían mis libros. Algunos hasta me escribían para hacerme saber cuánto les había gustado leerlos, o lo que había significado para ellos. Me resultaba asombroso ver que lo que había escrito llegara a calar tan fuerte en algunas personas. Muchos me contaban que les habían conmovido las historias, o que mis ensayos les habían ayudado a reflexionar sobre sus vidas para mejorarlas.

Como les ocurre a muchos escritores, mis inicios estuvieron repletos de grandes dificultades. Me hice autor de la nada, más debido a mi autodeterminación que a otra ayuda externa de relevancia. Las librerías eran muy reacias a aceptar libros de autores noveles, especialmente si no había una distribuidora detrás que canalizara esos libros. Era la industria tradicional de los libros que se resistía a reinventarse y apostar por los nuevos autores que se auto-editaban, y que no dependían de una editorial ni tenían una distribuidora. Ese mundillo de la auto-edición era cuestionado por muchos libreros que seguían dependiendo de la industria tradicional del libro. Sin embargo, la posibilidad de publicar un libro, aunque las editoriales lo rechazaran, hacía posible que muchos buenos escritores saliéramos a la luz.

Al fin y al cabo, los intereses editoriales, de las librerías, etc., no siempre se corresponden con la calidad, sino más bien con las ventas. Tiempos difíciles para la industria del libro por entonces hacía complicado vender hasta a los autores más consolidados. Muchos famosos o personas populares podían contar con la publicación de su libro, a veces de una calidad dudosa en comparación con otros escritores no tan conocidos. Estos últimos simplemente estaban más enfocados en la labor literaria por vocación y dedicación.

Las preguntas son las que siempre han estado presentes ante un manuscrito de un escritor novel no conocido: ¿Quién invierte en él cuando se buscan ventas más fáciles? ¿Quién superpone la calidad y originalidad a las ventas rápidas?

Por suerte, algunas librerías sí aceptaron mis libros y colaboraron en la distribución. Fue un primer paso, así como la colaboración en la promoción con la organización de presentaciones de libros en librerías, bibliotecas, etc. Fue un comienzo lleno de trabajo y esfuerzo, pero me compensaba porque todo ello era parte de hacer realidad mi sueño de ser Escritor. Uno que merecía la pena.

LA INFANCIA

Erik buscó el apoyo de los más cercanos para llevar adelante su sueño de convertirse en Escritor. Y de algunos más que de otros lo encontró. En su madre pudo encontrar ayuda y comprensión por su sueño. Siempre tuvieron una relación muy cercana. Ella apoyó siempre su esfuerzo en los estudios, deseando que su hijo pudiera tener la mejor educación posible para ser algo en la vida. Pero lo más significativo fue que valorara desde el principio su trabajo como escritor. No todos los hijos cuentan con ese apoyo tan firme de uno de los padres desde el comienzo de una carrera artística. Muchos no se dan cuenta de la importancia que supone tener personas a tu lado que crean en ti y comprartan tu sueño. La madre de Erik estuvo a su lado en eso en todo momento. Fue una actitud admirable de una persona que salía a la calle a vender los libros de su hijo, recorriendo las librerías, acudiendo a las presentaciones de sus obras, etc.

El padre de Erik siempre fue una figura ausente de su vida. Los padres se separaron definitivamente cuando él recién había acabado sus estudios universitarios. Incluso cuando era pequeño y sus padres estaban juntos, el padre era distante con los hijos. La madre tenía el rol protector y el enfrentamiento entre los padres hizo difícil la infancia de los pequeños. Las desavenencias entre los padres marcaron la infancia de los hijos, porque los intentos de separarse provocaron cambios de residencia y escuelas varias veces. Esa inestabilidad afectó a los más vulnerables, porque no podían hacer nada al respecto. Erik nunca pareció contar con la aprobación y respaldo del padre. No valoraba su esfuerzo en los estudios. A pesar de traer muy buenas notas a casa, el padre nunca lo felicitó ni mostró orgullo y alegría por su hijo. Solamente contó con el apoyo de la madre, quien sí valoraba la buena disposición de su hijo para los estudios.

Las discusiones de los padres eran el centro de la vida familiar. La vida de los hijos no era realmente relevante en un entorno familiar donde reinaban las disputas entre los padres. Sin darse cuenta seguramente, criaron a unos hijos que casi siempre se vieron como actores secundarios, donde los protagonistas eran la madre, el padre y su conflicto.

Las discusiones eran a veces tan fuertes que llegaban a ser violentas. El padre tenía un problema con la bebida que le hacía perder el control y agredir a los de su entorno. Su madre fue víctima de esos ataques violentos en más de una ocasión. Tal vez no tendría que haberlo permitido y haberse separado al instante, pero los motivos que llevan a las personas a hacer o no hacer algo son complejos en ocasiones, así como sus circunstancias. En cualquier caso, la furia del padre también la sufrió en alguna ocasión Erik cuando se enfrentó a él y este lo cogió del cuello fuertemente. Erik temió que lo ahogara y nunca más se atrevió a enfrentarse al padre en una discusión.

Esa turbulenta infancia familiar no impidió que Erik luchara por tener éxito en sus estudios. Mientras muchos de sus compañeros vivían una vida más despreocupada y se divertían, Erik sólo entendía de sufrimiento, miedo, sacrificio y esfuerzo. Erik creció sugestionado por la imagen de la madre como una figura sacrificada por sus hijos. En aquella época él creyó que la vida era eso: sufrir y esforzarse. Cuando uno es un niño no puede pensar por sí mismo de forma independiente. Lo que nos transmiten los padres y el entorno es muy fuerte. Así Erik creció pensando que se tenía que esforzar por lograr lo que quería. No era consciente entonces que, en el camino a sus sueños, también tenía derecho a divertirse. Con frecuencia se tomaba demasiado en serio su sueño de ser alguien importante. Como no se sentía valorado suficientemente entonces, creyó que tenía que alcanzar una meta importante para que los demás lo quisieran. Ser amado por ser él mismo no es lo que aprendió ni mucho menos.

No sentirse aceptado ni suficientemente valioso como para ser considerado una prioridad en las relaciones personales y profesionales hicieron muy difícil la adolescencia y primera etapa de Erik como adulto. Se enfrentó al hecho de tener que construir una Autoestima hasta entonces inexistente. Sin quererlo, tenía pensamientos en los que los demás lo infravaloraban y no lo aceptaban totalmente. Llevaba consigo la huella de la falta de amor. Su dificultad para relacionarse agravaba la situación en una cadena que abocaba a Erik a la soledad.

Para comprender mejor la dificultad de Erik para amarse y aceptarse, es ineludible considerar el hecho de ser homosexual en una época en la que en España todavía no estaba bien visto, por decirlo de alguna manera. Era otra razón que le hacía pensar que los demás no lo querrían por ser quien era realmente. En aquel tiempo parecía obvio que debía ocultarse, quedarse escondido en el «armario». La sociedad lo arrastraba por un camino por el que debía fingir ser normal, mediante una imagen que fuera admirada por otros: masculinidad, ambición, fuerza, éxito, etc. Erik se aplicó a vivir de acuerdo a esos valores, porque creyó que eso era lo que se esperaba de él.

Un día, se dio cuenta de lo equivocado que había estado al seguir el camino de lo que se suponía que tenía que hacer. En vez de buscar su propio camino haciendo lo que él quería. Entonces descubrió su pasión por *Escribir*, de la que no había sido muy consciente por falta de atención. Se dio cuenta que *Escribir* era un buen motivo para vivir. Debía hacer algo al respecto. Llegó el punto de inflexión en el que su vida cambió pasando por una etapa de transición, no exenta de depresión y ansiedad. Erik dejó su trabajo y empezó a hacer lo que quería: *Escribir*.

El tiempo estaba de su lado. A pesar de los obstáculos, Erik estaba decidido a realizar su sueño. Cada vez más personas lo iban conociendo e interesándose por sus obras. Las ventas de libros fueron aumentando en por toda España y Latinoamérica, ya que casi todos sus libros estaban escritos en español. Pero también tenía algunos ya traducidos al inglés y que también se estaban vendiendo en otros mercados, como Estados Unidos y Reino Unido. El éxito empezó a llegar, pero no sin esfuerzo ni inversión.

Ante la gran competencia de muchos otros escritores, sólo los que tenían promoción podían destacar. Para ello hacían falta recursos. Utilizó el dinero ahorrado gracias a su trabajo anterior . Pero el dinero del finiquito, la indemnización y el subsidio de paro no iba a durar para siempre, así que Erik tenía que hacer algo para subsistir y llevar adelante sus proyectos como Escritor. Consiguió varios trabajos como profesor de inglés y/o de español que le ayudaron en su propósito. Erik creó varias campañas de promoción de sus libros, invirtiendo dinero, tiempo y esfuerzo. La aceptación del público fue muy buena y muchos lectores descubrieron un autor de su interés gracias a la promoción que permitió llegar a ellos.

Ese era el punto de inflexión en su carrera como escritor. La convulsa infancia le había hecho fuerte para luchar por lo que quería. Había aprendido a esforzarse y luchar por lo que de verdad quería. Erik no podía vivir de sus libros, por lo menos no aún al regresar a Barcelona. Pero aun así, las cosas empezaban a pintar muy bien. Tenía que seguir luchando por su sueño, pero él no perdía la ilusión. Al contrario, todos los éxitos cosechados le animaban a seguir. Y los fracasos que había experimentado le habían ayudado también a aprender y fortalecerse. Quedaba mucho por hacer, pero su camino no era tan desierto y hostil como al principio. Al fin y al cabo, Erik se veía a sí mismo como un luchador desde pequeño. Alguien que no esperaba que se lo dieran todo hecho, sino dispuesto a luchar por lo que quería, a pesar de las enormes dificultades.

Volviendo a su vida sentimental, Erik siempre fue también un luchador. Si una relación merecía la pena, estaba dispuesto a esforzarse e invertir en ella lo que hiciera falta. Es lo que había

144

hecho en su relación con Alberto. Pero después de la dura situación provocada por el despreciable ataque homófobo, la transición de su vida en pareja a una de soltería conllevó un proceso de reinvención de sí mismo. Volver a Barcelona hizo posible que conociera a Álex, quien parecía un buen motivo por el que luchar. Era lo que había soñado desde muy joven, porque la falta de amor siempre le había hecho ansiar la presencia de alguien especial en su vida. Sin embargo, todavía no creía conocerlo bien. No estaba aún en el punto de creer suficientemente en su historia de amor. Le asaltaban las dudas en cuanto a que fuera tan ideal para él como se había imaginado al conocerlo.

—¿Se había vuelto muy exigente con el tiempo? —Se preguntaba Erik preocupado porque la respuesta pudiera ser positiva.

Justamente cuando parecía que se desvanecían los obstáculos para estar juntos, o sea Carlos, Erik se daba cuenta que no conocía bien a quien podía convertirse en su nueva pareja. Además, no sabía si le gustaría lo que descubriera al conocerlo más. Todo eso le hacía sentirse inquieto esperando la llamada. Aquella llamada que le desvelaría tantas cosas y que pondría un punto y aparte. Todavía no sabía qué guardaba secretamente Álex, pero estaba a punto de conocer toda la verdad y entonces decidir qué hacer. ¿Sería posible encontrar el ansiado amor por fin?

DE UNA MANERA U OTRA

Cuando Álex me llamó por teléfono, estaba en casa tumbado en mi cama. Había estado esperando esa llamada con muchos nervios. Al escuchar su voz, enseguida lo noté un poco raro. Parecía que tenía que contarme algo serio. No percibí nada bueno de esa llamada desde el primer momento. Pero tenía que saber de qué trataba exactamente lo que le preocupaba. Así que hice lo posible por mostrarme sereno, con la máxima normalidad que me permitían mis emociones.

—Hola Erik. En primer lugar, mil perdones por lo de hoy. No quería plantarte por nada del mundo, pero realmente era necesario.

—Ya, lo sé. Tenías que abrirle a Carlos para que se llevara sus cosas del piso. En fin, son cosas que pasan.

—Eso te dije, sí.

—No me sentó muy bien si quieres que te diga la verdad —dije tratando de ser sincero, pero a la vez sin querer recriminarle nada.

—Lo imaginé. Pero verás, no creía que ese fuera el mejor momento para explicarte.

—¿Explicarme qué? Creo que ya entendí. Tenías que estar con Carlos.

—Lo cierto es que sí, pero también contigo. No fue una decisión fácil, aunque te tengo que explicar cuál fue el motivo.

—¿No podías haber quedado con él otro día? ¿Justamente tenía que ser hoy? —pregunté un poco enfadado.

—Entiendo que me hagas esas preguntas. Si Carlos no me hubiera contado lo que le ocurría, no hubiera permitido que se estropease nuestra cita.

—A ver, entiendo que no haya asimilado la ruptura, pero aun así no veo que sea una excusa para que cancelaras nuestra primera cita siendo ambos solteros. Para mí era importante.

—¡Ey, y para mí también lo era! Me supo muy mal hacerlo y peor llevo haber tenido que mentirte. En aquel momento no sabía qué decirte porque no podía acudir a la cita. Seguramente me equivoqué al no decirte lo que pasaba en realidad pero...

—¿Te refieres a que me mentiste cuando decías que Carlos no tenía la llave del piso? —pregunté indignado por haber sido engañado por Álex, o tal vez por su falta de confianza en mí.

—Sí. Eso es. Lo que pasa es que me sentí turbado por lo que me contó Carlos y lo que ello implicaba. Así que no pude pensar con calma. Sé que no debí mentirte y admito que me equivoqué.

—Ahora me estoy perdiendo. ¿Entonces por qué cancelaste la cita? ¿Te arrepentiste?

—No es eso. Mira mejor vamos a quedar mañana y te explico. ¿Te parece bien?

—¿Dónde quieres quedar?

Me quedé muy intrigado por lo que Álex quería contarme, e intuía que era algo serio. Me propuso vernos en los Bunkers del Carmel, donde había baterías antiaéreas durante la Guerra Civil Española. Se había convertido es un mirador con vistas espectaculares de Barcelona. No me pareció mal sitio para nuestra primera cita estando él ya libre, si es que lo estaba realmente.

Al día siguiente, con la ciudad a nuestros pies, nos dispusimos a conversar por fin sentados en el asombroso mirador.

—Bueno Álex, cuéntame qué es eso tan misterioso que no me querías decir ayer.

—Es que Carlos me dijo que se había hecho una prueba de VIH y después unos análisis de sangre. Cuando recibió los resultados se quedó petrificado, porque ambos coincidían en que era VIH positivo. Llevaba tiempo queriendo decírmelo, pero según me confesó, no se había atrevido antes.

—¿Y eso porqué? No será porque...

—Se lo contagió otro. Tuvo una aventura con un chico de su gimnasio. Dice que solamente fue sexo, pero no quería contármelo. Se ve que se rompió el condón cuando estaban teniendo sexo y no se dieron cuenta hasta que ya era demasiado tarde.

—¡Vaya! Pero hoy en día ante esas situaciones se puede ir al hospital y contar lo que ha ocurrido para que te den medicación con la PrEP y así evitar el contagio. No sé bien cuánto, pero hay un intervalo de tiempo dentro del cual es eficaz la toma de los medicamentos. ¿Cómo es que no fue para que le dieran la PrEP?

—Me contó que el chico de su gimnasio le dijo que no se preocupara. Se había hecho unos análisis hacía pocos meses y le había salido negativo. Al parecer, Carlos prefirió confiar en eso. Porque si se decidía a ir y empezar a tomar la medicación, me tendría que dar una explicación de lo ocurrido y eso le aterrorizaba. El chico del gimnasio puede que le dijera la verdad, y se contagiara después, aunque entonces no lo sabía. Carlos le dijo que se había enterado que era VIH positivo. Se ve que el chico se quedó pálido, porque no sabía nada. Lo último que supo Carlos fue que este chico se realizó la prueba del VIH poco después y le salió también positivo. Estaba esperando los resultados del análisis de sangre, pero ya se temía que confirmaran que era VIH positivo.

—¡Qué trágico! Entiendo que tuvieras que hablar con Carlos, pero no tenías porqué mentirme...

—Ya te digo que lo siento. Es que hay más... —prosiguió Álex intentando serenarse con un suspiro profundo.

—¿Puede que tú estés contagiado?

—De eso te quería hablar ahora. Eso es lo que me motivó a mentirte. La noticia de Carlos me hizo preocuparme por mi estado, porque había muchas posibilidades de que yo estuviera contagiado. Así que fui a hacerme la prueba del VIH, y como no me atrevía a explicarte todo entonces, busqué la excusa de la llave... Sé que no está bien, pero estaba muy angustiado... Lo siento.

—Hombre, es una situación realmente angustiosa. Te entiendo porque yo pasé por algo parecido. Pero, ¿qué te salió en la prueba?

—Positivo, como cabía esperar.

—No sé qué decir. Es una situación muy delicada, pero hoy en día no es tan traumático —le dije tratando de animarle, y a la vez de convencerme a mí mismo que no era algo tan grave.

—Lo sé, pero aún así es una situación que me supera. Cambia toda mi perspectiva de la vida y no sé cómo afrontarlo.

—No te preocupes. A mí no me asusta. No es fácil, pero eso no va a hacer que me separe de tu lado. —Pese a que le dije eso y lo sentía, por otro lado me preocupaba el futuro.

—Ya Erik, pero no se trata de eso. Esto lo cambia todo, porque mi vida ahora es un caos. Me acabo de separar de Carlos y ahora esto. No me encuentro preparado para darlo todo en una nueva relación... No justo ahora...

—¡Ahh! ¡Vaya! —exclamé abiertamente decepcionado.

—De veras que lo siento. En este momento necesito concentrarme en mí y luchar por superar esta etapa. No quiero tampoco cargar a nadie con un peso así. No estoy bien para estar con nadie. Ahora no.

—Ya te he entendido, pero yo quería intentarlo —le dije desilusionado al ver que no iba a convencerlo.

—Antes de todo esto yo también. En fin, hasta dejé a Carlos. Eso ya estaba terminado, pero tú me diste fuerzas para dejarlo. Creí que había conocido a alguien que me ayudaría a pasar a otra etapa más enriquecedora. A pesar de ello, ya no estoy para pasar a una etapa de ese tipo. Con mi estado actual no puedo avanzar en esa dirección. Lo que necesito es quedarme viviendo esto y tratar de asimilarlo.

—Ya veo que no voy a conseguir que cambies de opinión, ¿no? Me había hecho ilusiones, pero lo de esta tarde me creó ya dudas. Como pensé, era una señal de que lo nuestro no iba a poder ser.

—Acertaste por lo visto. Quiero que sepas que no espero que vayas a estar ahí siempre. Tienes que seguir haciendo tu vida y no vas a esperarme a que yo supere esto. Pero no significa que no te quiera... ¿Sabes?

—Me doy cuenta de que sí... Me lo creo. Aunque nunca nos lo habíamos dicho aún. Si yo también te quiero. Por eso aposté por lo nuestro. Bueno, a veces se gana y otras se pierde.

—Pues eso, te quiero Erik, y por eso te deseo lo mejor. Y conmigo no sería posible ahora mismo. Te mereces a alguien que pueda darte todo lo bueno de sí mismo. Me hubiera gustado ser yo, pero ahora no puedo... Ni siquiera puedo pensar en ello. Me resulta imposible hacerlo.

—Vale Álex. Tienes que pasar esta etapa. Comprendo que hayas decidido hacerlo solo, pero no me pidas que me aparte totalmente de tu vida.

—No lo hago. Sólo que no puedo empezar una relación ahora. Si tú quieres, yo no voy a desaparecer, ni voy a dejar de responder a tus mensajes o llamadas. Pero pensaba que quizá tú no querrías estar ahí si te decía que no podíamos estar juntos en plan pareja.

— Puede que en otra etapa de mi vida hubiera optado por eso. Pero en este momento, no quiero romper con alguien definitivamente sólo porque las cosas no hayan salido como deseaba. Nos queremos y quiero conservar nuestra amistad.

—Gracias Erik. No sabes lo que significa para mí que digas eso —me dijo Álex claramente emocionado, por lo que no me cabía duda que lo sentía.

—No te preocupes, que todo saldrá bien.

—Erik... —dijo con voz triste en un suspiro.

Intuí que Álex estaba a punto de llorar, pero se contenía. Yo no podía llorar aún. Estaba más calmado después de hablar con él. Incluso inesperadamente feliz. Fue descubrir a alguien realmente frágil y vulnerable, que me quería de verdad. En realidad, eso era lo que más deseaba.

No estaba molesto porque me hubiera dejado. Bueno, al principio sí lo estaba. Pero al esclarecer que sus motivos eran razonables, no podía sentirme ofendido. Al contrario, su explicación me sirvió para saber que era alguien que no estaba en pareja por estar. Por el contrario, era una persona que se comprometía en serio. No se tomaba a la ligera el hecho de formar una pareja, sino con inmenso sentido de la responsabilidad. Como persona humana me había ganado incluso más. Además, estaba contento de poder mantener el contacto con él, a pesar de que no fuéramos pareja. Me di cuenta que lo más importante era saber de él y tenerlo en mi vida de alguna forma. Solamente quería poder hablar de vez en cuando con él, sin esperar nada más que lo que él pudiera darme.

Continuar como amigos no me pareció tan mal después de todo, considerando el punto al que habían llegado las cosas. Lo quería tanto que únicamente deseaba que se pudiera reponer pronto. No sólo porque así volviera conmigo enseguida. Tampoco sabía hasta cuándo sería posible mantener esa relación de amistad que nos habíamos propuesto. Precisamente, era complicado estando en un lugar tan mágico como aquel mirador, que invitaba a enamorarse de la ciudad y de la compañía que uno tuviera. Aun así, estaba dispuesto a luchar para que Álex siguiera formando parte de mi vida, de una manera u otra.

FIN

EPÍLOGO

«Tanto el encanto, como la variedad y la belleza de la vida
residen en ese juego de luces y sombras.»
Anna Karénina
- León Tolstói

El trasfondo de esta obra está marcado indudablemente por las transiciones entre relaciones. Una de esas transiciones es la que Erik vive como resultado de un trágico suceso. Erik sale de una relación intensa y larga. Hace ya unos años que se terminó y el tiempo ha servido para curar las heridas y comenzar una nueva vida. Ha vivido nuevas experiencias conociendo lugares y personas que le han permitido disfrutar y enriquecerse personalmente.

Por otro lado, nos encontramos con la transición que vive Álex en el momento presente en el que transcurre esta historia. Lleva tres años con su pareja, tiempo suficiente para que la relación quedara consolidada. Sin embargo, se ha enfriado la pasión. Álex sigue queriendo a su pareja, Carlos, pero ya no está enamorado. No siente la ilusión de verse y estar juntos como al principio. Incluso no cree que haya vuelta atrás porque ya no cree en esa relación.

En el momento en que Álex confiesa que tiene pareja, se produce un giro en la trama. Este «jarro de agua fría» hace cambiar totalmente la actitud de Erik. Así, se vuelve incrédulo en cuanto a su romance. A partir de entonces, su interés disminuye conforme deja de creer en él. A pesar de ello, o quizá por ese cambio, Álex se siente más interesado en seguir viendo a Erik, sea como sea. Se da cuenta que le gusta demasiado como para perderlo. Eso entra en conflicto con su situación porque, aunque ya no ama a Carlos de la misma forma que cuando se conocieron, tiene un compromiso con él.

De este modo, toma conciencia que ha llegado ese día temido en que uno debe ser determinado y tomar acción. Si para él su pareja ya no funciona y la cree muerta, no puede quedarse sin hacer nada al respecto. Ya no es posible sin consecuencias. Se está enamorando cada vez más de otro chico. Álex debe ser coherente y luchar por sus sueños. El encuentro sexual lo cambia todo, haciendo evidente cuánta pasión hay en entre ellos. Entonces, ninguno de los dos puede obviar que empiezan a sentir algo muy fuerte el uno por el otro.

Erik reacciona con precaución ante la aparición de un nuevo amor cuando divisa dificultades en el horizonte. La experiencia de su primera relación le ha enseñado que, a medida que uno se involucra en una historia romántica, se vuelve vulnerable. El sentido común le avisa que puede ser herido si no se protege. Y Erik sigue a la razón, en lugar del corazón. Porque no se puede seguir al corazón con los ojos cerrados cuando aún no se confía en alguien. Es imprudente y poco sensato, si bien sabemos que en cuestiones de amor romántico es difícil que alguien no pierda la cordura y finalmente se deje llevar por los sentimientos.

Quien cree que el amor auténtico bien merece un sacrificio podría no estar de acuerdo con la postura que toma Erik. ¿Quizá el miedo a sufrir le hace ser demasiado cauto? ¿Podría tacharse su comportamiento de conservador y poco arriesgado? Sin embargo, ¿no será en realidad arriesgada la decisión que toma Erik al jugar todas las cartas a una mano? Porque se puede leer un mensaje claro y contundente de Erik dirigido a Álex:

—O soy el único y más importante en tu vida, o no estoy dispuesto a arriesgarme a sufrir estando en ella.

Ser fiel a uno mismo puede ser lo más arriesgado. Podemos perder lo que nos importa, pero: ¿Cómo puedo creer en ti si no alcanzo a creer en mí mismo primero? Por ello, la reacción de Erik puede entenderse como una forma de autoafirmación.

La reacción de Álex cuando se da cuenta que está perdiendo a Erik es romántica, pero no usual. Siendo impredecible lo que puede ocurrir con un conflicto del tipo triángulo amoroso, en este caso Erik-Álex-Carlos, lo más corriente es que el amante sea el abandonado. Al parecer, la importancia que Álex da a la pasión supera otras cosas, como su vínculo con Carlos. Cree en lo suyo con Erik basado en sentimientos fuertes, y ello le motiva a actuar.

Tal vez sea inevitable que los sentimientos cambien dentro de una relación. Lo dramático del cambio es que puede no darse al mismo tiempo o con la misma intensidad. Cuando un miembro de la pareja nota que hay falta de pasión y que ello está mermando la relación definitivamente, ¿qué pasa si el otro no lo siente igual? ¿Sería un error relegar todo a la pasión?

No cabe duda que Álex y Erik están en momentos distintos, porque el primero está comprometido y el segundo hace tiempo que ya no. Esta obra plantea la posibilidad de superar los obstáculos surgidos como consecuencia de encontrarse en etapas diferentes. Así, se escenifica al final cómo de pronto las circunstancias de las personas pueden cambiar, y pasar a otra etapa. El resultado deviene insospechado y provoca un giro del argumento.

El cierre de la trama puede agradar más a unos y menos a otros. Pero en todo caso, lo que conviene entender es que nuestro camino sólo puede ser trazado por nosotros mismos para que merezca la pena. Aunque quisiéramos otro desenlace, los que toman las decisiones son los personajes. En última instancia, el autor, claro. Quizá debamos no querer controlar lo que no está en nuestra mano.

Hay circunstancias que afectan de forma distinta a cada uno. Los personajes están en diferentes etapas vitales, con una personalidad propia. Todo ello puede decantar la balanza hacia un lado u otro. Tolerar que otros tomen sus propias decisiones, aun no compartiéndolas, es el principio para aceptar que es cada uno quien decide qué hacer con sus circunstancias. Y también qué actitud tomar al respecto.

Hace falta tomar conciencia de que decidimos creer en algo o alguien a riesgo de equivocarnos. Porque al final, elegimos seguir nuestro propio camino. ¿Acaso es posible evitar completamente el error cuando se persiguen los sueños? O como dijo también el novelista F. Dostoievski:

«Es mejor equivocarse siguiendo tu propio camino que tener razón siguiendo el camino de otro.»

SOBRE EL AUTOR

Manuel Mata Moreno es el autor de la novela La tierra de las sonrisas y el relato Diario de un infortunio. Además tiene tres obras de ensayo: Supera tus miedos y alcanza tus sueños (Ed. Círculo Rojo), ¡Reinvéntate! y Saca al coach que llevas dentro.

Ha colaborado como redactor en diferentes blogs de desarrollo personal y profesional. También ha ofrecido conferencias, videoconferencias, cursos online, y presentaciones de sus libros en librerías, bibliotecas, fórums, etc. Es experto en Coaching y superación personal y profesional.

Manuel Mata vive en Terrassa (Barcelona), tras hacerlo en Bangkok, Londres y Barcelona ciudad. Nació y creció en Sabadell (Cataluña). Actualmente es Director de TuCoach.eu y Escritor. También se dedica a la Educación como profesor de idiomas para niños, adolescentes y adultos.

Manuel Mata es Coach Certificado por TISOC y miembro de Coachville. Cuenta con una certificación como Formador de Formadores y Formador Ocupacional por la Universidad Antonio de Nebrija e Euroinnova Formación. Además, tiene un Posgrado en Educación por Euroinnova, Licenciatura en ADE por la UAB, y Máster MBA por INESEM.

Más información en la web del autor: http://tucoach.eu